Chère Myriam

Merci de ton aide.

Amitiés,

Bonne lecture

Denis

xx

✱

Du bonheur
pour Henrietta

La Disparition du mercure, Stanké, 2010.

DENIS FORTIER

Du bonheur pour Henrietta

Une société de Québecor Média

Catalogage avant publication de Bibliothèque et Archives nationales du Québec et
Bibliothèque et Archives Canada

Fortier, Denis, 1968-
    Du bonheur pour Henrietta
    ISBN 978-2-7604-1088-6
    I. Titre.
PS8611.0773D82 2013   C843'.6   C2013-941164-X
PS9611.0773D82 2013

Édition : Romy Snauwaert
Direction littéraire : Marie-Eve Gélinas
Révision linguistique : Marie Pigeon Labrecque
Correction d'épreuves : Sabine Cerboni
Couverture, grille graphique intérieure et mise en pages : Chantal Boyer
Photo de l'auteur : Sarah Scott

Remerciements
Nous reconnaissons l'aide financière du gouvernement du Canada par l'entremise du
Fonds du livre du Canada pour nos activités d'édition.
Nous remercions le Conseil des Arts du Canada et la Société de développement des
entreprises culturelles du Québec (SODEC) du soutien accordé à notre programme
de publication.
Gouvernement du Québec - Programme de crédit d'impôt pour l'édition de livres -
gestion SODEC.

Les Éditions internationales Alain Stanké
Groupe Librex inc.
Une société de Québecor Média
La Tourelle
1055, boul. René-Lévesque Est
Bureau 300
Montréal (Québec) H2L 4S5
Tél. : 514 849-5259
Téléc. : 514 849-1388
www.edstanke.com

Dépôt légal - Bibliothèque et Archives nationales du Québec et
Bibliothèque et Archives Canada, 2013

ISBN : 978-2-7604-1088-6

Distribution au Canada   **Diffusion hors Canada**
Messageries ADP   Interforum
2315, rue de la Province   Immeuble Paryseine
Longueuil (Québec) J4G 1G4   3, allée de la Seine
Tél. : 450 640-1234   F-94854 Ivry-sur-Seine Cedex
Sans frais : 1 800 771-3022   Tél. : 33 (0)1 49 59 10 10
www.messageries-adp.com   www.interforum.fr

À mes parents.

À mes amies auteures:
Suzanne Aubry,
Geneviève Lefebvre et
Johanne Seymour.

Le 28 janvier 1986, Christa McAuliffe meurt dans l'explosion de la navette *Challenger*. Soixante-treize secondes de vol. Des flammes à perte de vue. Une déflagration monstre. Sept astronautes sublimés en un filet de fumée blanche.

Marly, j'ignorais tout de cette histoire et c'est grâce au calepin de Samuel que je m'y suis intéressée. Je m'identifie maintenant à Christa McAuliffe, à son amour de l'enseignement, à sa disparition tragique survenue l'année même de ma naissance. Depuis une semaine, j'ai tout lu et tout visionné à son sujet. Avant d'aller au lit, j'ai mis le point final à un document sur son parcours biographique pour une présentation que j'animerai demain devant les enfants du club d'astronomie du grand Montréal.

La journée a été interminable. Mes élèves turbulents. Une classe de cinquième année, ça demande beaucoup d'énergie. Marly, j'étais exténuée et j'espérais que mon sommeil serait réparateur.

Hélas...

J'étais couchée depuis quelques minutes lorsque mon voisin du deuxième étage a réveillé tout le quartier avec sa guitare électrique. J'ai eu droit aux succès de Jimi Hendrix, de Kurt Cobain, de Frank Zappa.

Aurais-je dû frapper à la porte du charmant musicien ? Me joindre à la fête ?

Peut-être.

Une heure plus tard, les riffs ont cessé. Quelqu'un de normal se serait rendormi. Pas moi. Tu es bien placée pour me comprendre. Nous sommes toutes les deux différentes des autres, presque folles, et surtout obsédées par notre enfance qui plane comme un vautour. C'est vrai, je me suis longtemps considérée comme étant libérée de tout ça, guérie, sauvée, absoute, débarrassée, choisis le mot qui te convient, mais j'ai cru durant des années avoir enfin recouvré une certaine paix intérieure, du moins jusqu'à ce que je reçoive la photo et la lettre d'Elmsford, New York. Ce sont elles qui ont tout ravivé. Le passé est revenu me hanter comme avant – surtout la nuit –, et en ce moment me montent à la tête les images de ma mère et de la petite fille laide que j'étais.

Jusqu'à la semaine dernière, à part toi, personne n'était au courant de mes aliénations nocturnes. J'en ai trop raconté à Adrienne. Tu te souviens de ma grand-mère ? Celle qui faisait tout pour me rassurer ?

« C'est normal dans ta situation. Essaie de t'enlever ça de la tête. Écris ! Prends exemple sur ton grand-père », a-t-elle insisté.

J'ai toujours su que mon grand-père Samuel avait rempli ses calepins en pensant à moi. Je croyais les avoir tous lus. Mais là, en discutant avec Adrienne, j'ai appris qu'il en existait un autre.

« Marcello les a tous numérisés, sauf le dernier. Samuel est mort avant de le terminer. Laissons passer un peu de temps et, un jour, on le regardera ensemble. »

À force de parler avec Adrienne, j'ai déduit qu'elle conservait le dernier calepin chez elle, sur la rue Barré. Tu me connais. Je ne pouvais plus attendre. Il me fallait mettre la main dessus. Je l'ai piqué à ma grand-mère. Il est maintenant devant moi, entre l'ordinateur et ma tisane à la camomille. Il est rempli des mots de Samuel, mais aussi – et c'est ce qui m'a le plus étonnée – de ceux d'Adrienne ; il n'y a que les dernières pages qui sont demeurées vides pour que j'y note quelque chose. Depuis une semaine, je le relis sans pouvoir m'arrêter, le jour, la nuit ; dès que j'en ai l'occasion. Mon temps est compté, et je devrai bientôt replacer le calepin là où je l'ai pris.

Il est deux heures du matin. Le concert de guitare électrique est fini depuis un bon moment.
Je n'arrive pas à retrouver le sommeil. Après
avoir révisé mon document sur Christa McAuliffe, j'ai décidé de suivre le conseil d'Adrienne,
d'écrire, non pas dans un vieux calepin à la couverture gondolée, mais sur mon ordinateur.

Chère Marly, ce n'est à personne d'autre que
toi que j'ai choisi de m'adresser. Je me suis installée dans la cour, sous les branches du lilas.
J'espérais trouver un peu de sérénité.

J'ai à peine rédigé quelques paragraphes
que j'entends des cris dans la ruelle. On semble
se bagarrer derrière le grillage de la clôture.
Quelqu'un se fait-il attaquer?

Je me rends compte qu'il ne s'agit que de
mes voisines qui entrent dans la cour comme
si je n'y étais pas. Elles louvoient, se bous-
culent et montent l'escalier jusqu'au troisième étage. Visiblement, elles ont consommé
quelque chose. Pot, ecstasy, speed? Je n'en ai
aucune idée. Tu le sais, mes expériences avec

les drogues se limitent à la morphine et aux antidouleurs.

On chuchote sur le balcon.

« Regarde en bas, c'est elle, la fille qui ressemble à Céline Galipeau. »

Marly, j'ai vingt-cinq ans. La lectrice du *Téléjournal* en a certainement le double. Merde ! Ai-je vraiment l'air si vieille ? Que je ne te surprenne pas à abonder dans le même sens, ne serait-ce que pour te moquer de moi comme tu le faisais affectueusement dans notre chambre du Mateo Center. Imagine si j'avais l'allure d'une quinquagénaire ! Pense un instant à la stupéfaction sur le visage de mes chirurgiens plastiques, eux qui ont mis tant d'efforts et de minutie pour me donner une apparence normale. Plus jeune, j'ai souvent entendu ce genre de plaisanterie concernant ma physionomie. Les adultes me disaient de ne pas m'en faire. Tu le sais autant que moi, puisque nous avons toutes deux connu les pires comparaisons, en commençant par les remarques fielleuses de notre enfance.

Sur le balcon du troisième, mes voisines ne rient pas du visage mutilé d'une fillette ; elles gloussent comme des poules, sans raison.

Il y a du feu, beaucoup de feu, la silhouette de ma mère, des araignées, du propane, et un *pick-up* en fuite dans la Sunnyside Road.

Je revois ces images toutes les nuits, ces flammes à perte de vue – à perte de vie –, et chaque fois je ressens le poids de la poutre incandescente sur cette peau d'autrefois. Mon ossature craque. C'est intolérable. Marly, tu crois que c'est impossible ? Que j'étais trop jeune pour garder un souvenir de l'incendie ? Pourtant, je te jure que, en ce moment même, je réentends les cris de ma mère comme ceux de Janet Leigh dans le film *Psycho*, et c'est maintenant à mon tour d'incarner un grand rôle : j'effectue mon incursion dans l'horreur.

J'étouffe.

Je me change les idées comme je peux. Je pense à toi, à mes grands-parents, à ma présentation sur Christa McAuliffe et à chacun des enfants du club d'astronomie.

Le chat de mon voisin saute de la fenêtre du deuxième. Il se blottit sur les rondeurs de mes cuisses, et je souhaite que son petit moteur rassérénant modère le rythme de ma respiration.

Marly, je t'emmène avec moi dans mes souvenirs, à Brodec, une ville industrielle située à l'autre bout du continent.

J'ai six ans et je veux devenir astronome.

Nous entrons dans la belle époque de la conquête spatiale, après la Guerre froide. L'actualité scientifique foisonne depuis quelques années. La sonde Magellan cartographie la beauté de Vénus. Le futur prix Nobel John C. Mather confirme la théorie du Big Bang. Et l'ingénieure Mae Jemison devient la première femme noire à voyager dans l'espace. Marly, à ce moment-là, les éphémérides et les prouesses techniques me laissent indifférente. Je ne suis préoccupée que par l'instant présent : le sentier sur lequel j'avance est couvert de détritus, de morceaux de métal rouillé, de contenants d'huile usée, rien à voir avec la Lune ou Vénus.

« Sirius, Centauri, Vega, Alhena », crié-je, haute de mes trois pommes.

Mes étoiles préférées me suivent à la trace. Je les ai découvertes dans l'*Encyclopédie illustrée sur l'expansion de l'Univers* et, qui sait, c'est peut-être parce que je suis laide que leur beauté me fascine. Je les vois partout. Sur le sentier, elles

17

scintillent et tournent sur elles-mêmes comme si un réalisateur les avait mises en scène. J'ai même l'impression de les entendre. Je me trompe, évidemment. Le son n'est produit que par le ruban de mon chapeau pare-soleil. Mais l'étincelle est suffisante pour embraser mon imagination, et George Lucas et Steven Spielberg n'ont qu'à bien se tenir. Tout devient beau, grandiose, instantanément, et ce n'est plus un lit de gravier qui se déploie à l'horizon, mais un long filament délicat et évanescent, identique à cette forme qui se trouve au milieu de la Voie lactée. On en parle au second chapitre de l'*Encyclopédie*. En 1991, Leo Blitz et David Spergel l'ont décrite comme une barre effilée, dont je m'inspire pour enjoliver le décor.

Marly, bienvenue chez moi. Ici, tout est gris et aride. Il n'y a rien de bucolique. Les rails du chemin de fer serpentent parmi les champs abandonnés et les cheminées des usines pétrochimiques crachent des émanations toxiques ; une pollution qui empeste la ville comme les bidons de kérosène que l'on vide sur les visages des enfants. Je sais, j'exagère. Mais que veux-tu ? L'air est malsain, ça gêne ma respiration, et entre deux quintes de toux retentit l'écho du train, celui qui relie Brodec au reste du monde, celui qui filera bientôt à côté de moi et qui, pour des années à venir, sera intimement lié à ma propre trajectoire.

Au loin, j'entends une explosion.

Je suis dans un drôle d'état. Non pas à cause des wagons qui approchent, mais bien parce que je me rends à l'école pour la toute première fois de ma vie.

À ce moment-là, mon grand-père Samuel est encore vivant. C'est lui qui m'accompagne et il fait tout pour me changer les idées. Après m'avoir demandé d'énumérer le nom de mes étoiles préférées, il me propose de rivaliser de vitesse avec le train.

« À vos marques ! Prêts ? Partez ! »

J'avance tant bien que mal. Heureusement, Samuel est avec moi et, dans mon cœur, il y a ma chère Adrienne à qui je dédie tous mes efforts. Au lever, c'est elle qui a appliqué la crème hydratante sur mon visage. Elle fredonnait *Give Peace a Chance*, de John Lennon.

« Tu le sais, John, c'est mon préféré ! Après ton grand-père, évidemment. »

Adrienne reproduisait avec ses doigts les petites lunettes rondes de son idole. Je me suis mise à rire. Puis Samuel m'a offert un bouquet de marguerites que nous avions cueillies la veille. Quelque chose cuisait dans le four. Ça sentait la surprise comme si on allait célébrer l'anniversaire de quelqu'un. Marly, les petits-déjeuners de la Sunnyside Road sont habituellement de modestes repas, à cent lieues de ceux que nous prendrons à partir de l'été 1995, toi et moi, au Mateo Center. Et en cette journée de rentrée scolaire, j'ai eu droit à un festin normalement servi les dimanches, composé d'un verre d'orangeade, de Froot Loops, de morceaux de pomme et de croissants Pillsbury. Il y avait plusieurs invités autour de la table, dont chacun de mes animaux de peluche. Samuel jouait au ventriloque en exagérant chaque syllabe.

« Fruits frais, fruits frits », m'a-t-il demandé de répéter, prêtant sa voix à ma tortue Tordue et à mon lapin Peanut.

Le repas était succulent. J'ai tout avalé avec un immense bonheur en dépit des sécrétions qui ont remonté dans ma gorge comme des relents doux-amers de mon dernier séjour à l'hôpital.

Bourrée de sucre, je bénéficie maintenant d'une dose supplémentaire d'énergie.

« Cours plus vite, Henrietta ! » me dit Samuel pendant que j'avance sur le sentier.

Mon grand-père est mon admirateur inconditionnel et, en sa présence, mes rêves deviennent possibles. Je suis convaincue que je pourrai dépasser la locomotive. Je fonce, une main sur mon chapeau. Je suis David contre Goliath. Tout tremble. Le sol, le ciel, mais aussi mon cœur, mes jambes, mes pieds, et chacun de mes petits muscles noués par l'effort. Je souris, à ma manière, par des crispations prolongées sous ma peau violacée, pour ce qu'il m'en reste.

Derrière moi, j'entends le roulement des wagons-citernes. Samuel crie.

« Le train, Henrietta. Attention ! »

Le sifflet. La stridence des roues. Le ciel gris. Les aspérités du gravier. Le déséquilibre. Tout se déroule si vite que mes yeux ne savent plus où regarder. Au final, je suis persuadée d'avoir dépassé le train. J'en oublie l'essentiel : respirer.

Je me suis récemment remise de ma dernière chirurgie, et après un si grand effort, mes poumons implosent et les sécrétions empêchent le moindre son qui voudrait en sortir. La main sur le ventre, je cherche de l'air. J'angoisse. Marly, aide-moi. Quelqu'un ou quelque chose s'agrippe à mon cou, celui de la petite fille laide de six ans, mais aussi celui de l'adulte de vingt-cinq ans, moi, ton amie Henrietta.

Dans la cour de Montréal, je suffoque. Des mains invisibles s'acharnent sur moi. Pourtant, il n'y a personne. Que de fidèles obsessions.

La foudre frappe. Brodec brûle.

« Henrietta, ma chouette, qu'est-ce qui se passe avec toi ? » me demande Samuel du fin fond de mes souvenirs.

La présence masculine me rassure. J'avale une gorgée de tisane et reprends l'écriture.

À Brodec, le train s'est volatilisé. J'écoute la voix de Samuel. Elle chevrote plus qu'à l'ordinaire. Quelque chose cloche. Lorsque je me retourne, mon grand-père est étendu entre les traverses du chemin de fer. Il ne parle plus et ses lunettes forment une diagonale de l'oreille jusqu'au menton. C'est la panique. Je crie comme Janet Leigh dans le film *Psycho*. J'entends la musique survoltée, les violons hystériques, les affres de l'agonie. Marly, tu te doutes bien que j'oublie la rentrée scolaire et les étoiles. Je ne vois qu'une barbe grise sur un visage moribond. Je suis persuadée qu'un des wagons a heurté Samuel de plein fouet et je m'imagine maintenant que son nez gicle du sang comme de l'eau projetée par les boyaux des pompiers.

À toi, à moi, à Martin et à Trevor, les médecins ont toujours expliqué que la catastrophisation est une perturbation fréquente chez les grands brûlés. Après ce que nous avons vécu, nous les enfants du Mateo Center, n'est-il pas normal de se projeter dans l'avenir sous le joug de la menace ?

Tu te souviens, lorsque Trevor s'inventait des scénarios apocalyptiques ? Son père l'avait forcé à s'asseoir dans un bain rempli d'eau bouillante. Si notre ami entendait un grincement de porte, il tombait en plein délire en croyant qu'il allait perdre un bras, une jambe ou une fesse.

Les infirmières essayaient de le rassurer. Elles lui chuchotaient de ne pas s'inquiéter.

Sur le chemin de fer, c'est la même chose. Il n'y a rien de très grave, et pourtant, je m'affole. L'incident impliquant Samuel ne dure qu'une minute ou deux. Il est certes blessé à la cheville, mais son visage n'est pas couvert de sang et son corps n'est pas démembré. Je n'y peux rien. Je catastrophise. Ma vie s'écroule. Je suis à la fois Sarah Bernhardt, Maria Callas et Elizabeth Taylor. Dans mon esprit de petite fille, je ne joue pas la comédie. Je me sens réellement m'évanouir comme si un anesthésiste déposait un masque sur ma bouche. Il n'y a pourtant pas de gants stériles ni de lampe médicale, qu'une légère nausée, des cailloux sous mes pieds et, autour de moi, un ciel que je souhaiterais rayonnant de beauté. Mais à Brodec, ça ne se passe pas comme ça. L'horizon se rétrécit telle une peau de chagrin jusqu'à ce que l'inévitable survienne. Et justement, mes jambes deviennent molasses. Mes bras aussi. Et en fermant les yeux sur mes rêves d'astronomie, ma tête s'appesantit. Je ne pleure pas, ne crie pas, je tombe sur le sol, à quelques pas de Samuel. Comme un obus, j'explose. Fumerolles sur Brodec.

Marly, parfois, je suis comme un volcan.

Étendue sur le sentier, je vois défiler des images qui tambourinent dans ma tête comme une pluie lénifiante. Opinions médicales et bribes de conversations attrapées dans les corridors de l'hôpital : j'interprète à ma façon la chirurgie qui a transformé mon visage en un véritable chantier, et ce, bien avant la rentrée scolaire. Tout se déroule dans mon imagination. La salle est vaste. J'ai beau chercher mes grands-parents, je ne les vois pas. Il n'y a qu'une dizaine de personnages blancs : des infirmières, une anesthésiste et des chirurgiens que je crois spécialisés dans l'installation de sourires plastiques. L'un d'entre eux brandit un scalpel. L'instrument s'enfonce dans mon front. J'entends le bruit.

C'est curieux, les gens applaudissent lorsqu'on retire de mon crâne des fragments nécessaires à la reconstruction de ma cloison nasale. Le sang gicle. On éponge tout et on continue durant plus de vingt-quatre heures.

Flash. Pied de micro. Tapis rouge. Interviews. chaque manœuvre est filmée par des caméras comme dans une téléréalité, à la différence que ce n'est pas que le grand public qui s'intéressera à mon histoire, mais aussi des plasticiens des quatre coins du monde. Voilà, c'est dit, mon premier tour de la planète, je le ferai non pas à bord d'une navette spatiale, mais sur des écrans LCD, sur des clichés de revues scientifiques avec une large bande sur les yeux.

« *Extra ! extra !* Voici la face cachée d'Henrietta Johnson. »

Une semaine après l'opération. Huitième étage de l'unité pédiatrique de l'Hôpital général.

« Elle est où, ta chambre ? me demande un préposé.

– Par là.

— Tu es certaine ? Je pense plutôt que c'est par ici. »

Marly, je ne sais pas comment les choses se sont déroulées pour toi, mais dans mon cas, les effets de l'anesthésie durent pendant des jours. Ça me prend un temps fou à me remettre sur pied. J'hallucine, je suis étourdie, nauséeuse, désorientée, et c'est peut-être mieux comme ça parce que je ne réalise pas complètement ce qui m'arrive, que sur la table d'opération, on m'a ramenée à la vie grâce au défibrillateur et à la tente à oxygène.

« Du camping médical, Henrietta », me dit l'infirmière de la clinique de la douleur.

Les jours passent, je prends des forces, puis les thérapeutes assurent la relève de l'équipe des soins intensifs. Tu connais le protocole : on nous interdit les miroirs, les psychologues nous rencontrent, et on nous fait subtilement dessiner pour apprivoiser notre nouvelle image corporelle. C'est à ce moment-là qu'on m'initie aux exercices de diction et qu'on m'offre en cadeau l'*Encyclopédie illustrée sur l'expansion de l'Univers*. Tu as peut-être toi aussi déjà reçu un livre semblable. Il s'agit d'un ouvrage pour enfants. On y présente une multitude d'analogies sur les forces de l'Univers, dont la gravité, l'inertie et les trous noirs. Grâce à lui, je développe mon amour pour le ciel et m'identifie à des héros. On nous en propose toute une panoplie comme Einstein, Newton, Galilée, Neil Armstrong, et c'est vrai qu'à prendre leur peau j'en oublie la mienne.

Dans les mois suivant le début des classes, une autre intervention périlleuse est prévue. On reconstruira la mandibule de ma mâchoire et, enfin, je pourrai m'alimenter et articuler normalement.

« Tout ira bien », me promet-on.

Les encouragements pullulent. Les explications aussi. On me répète tout dans les moindres détails, très souvent – trop souvent –, au point que je finis par connaître par cœur la séquence de la prochaine opération, que je récite à voix haute, machinalement, étendue sur le sentier longeant le chemin de fer.

J'ouvre les yeux. Samuel me parle.

« Allez. On se lève, madame la tragédienne. On t'attend à l'école. Il va y avoir une fête, des surprises... Tu te souviens ? »

Nous reprenons notre route.

Je ne me rends pas compte que Samuel claudique, d'autant plus qu'il fait diversion en parlant de la migration des oies sauvages. Dans l'*Encyclopédie*, un chapitre leur est consacré. On nous explique les raisons de leur extraordinaire endurance physique et de leur capacité à se servir des étoiles comme points de repère durant les vols sur une longue distance. Mes thérapeutes utilisent aussi ces analogies aviaires pour aborder les particularités de mon nid familial à moi. Or, malgré les efforts de Samuel et la centaine d'oies sauvages dans le ciel, je ne trouve pas de point de repère. Je n'aperçois que de vagues ondulations et, en fronçant les sourcils, je parviens tout juste à deviner la forme de V géant.

« On vous reverra au printemps ! scande Samuel.

— Bang ! Bang ! » crié-je, mes doigts en fusil.

Je tire sur tout ce qui bouge. Non par méchanceté, mais par désespoir. Je me dis que, grâce à mon arme à feu imaginaire, il n'y aura pas de rentrée scolaire, pas de fête avec les élèves, et je n'aurai pas à m'amuser avec des ballons qui s'envolent ou qui explosent en plein ciel.

Marly, je suis habituée de jouer seule avec mes animaux de peluche : ma tortue Tordue, mon lapin Peanut, mon éléphant rose. Je n'ai pas besoin d'amis. Et qui voudrait s'amuser avec moi ? Je suis l'enfant défigurée la plus laide de la planète, et c'est pour cette raison que je dois éviter la première journée d'école.

Les oiseaux migrateurs ont compris, eux, qu'au-delà de Brodec, il y a des territoires plus accueillants. Ici nous ne sommes enceints que par des rangées de maisons contiguës, grises, identiques et alignées comme un labyrinthe par lequel il est impossible de s'enfuir. Je souhaiterais tant m'envoler, me sauver des toits plats et goudronnés, de cet alignement monotone de panneaux-réclame et surtout des nuages de vapeurs âpres provenant des usines pétrochimiques.

Marly, j'ai vérifié : je ne suis pas une oie, il n'y a pas d'ailes dans mon dos et il me sera difficile de m'en aller, du moins jusqu'à ce que je trouve une solution. Patience. Ça viendra. D'ici là, je me résigne à respirer ces odeurs insidieuses qui s'imprègnent partout sur moi, dans ma tête, dans mon cœur, jusqu'à fusionner avec mes propres cellules tel un nouveau code génétique. Personne à Brodec ne peut faire abstraction des émanations de carburant et certainement pas une enfant dans ma condition, au souffle court et aux fibres olfactives reconstruites dans les règles de l'art.

Les sifflements d'un second train résonnent dans toute la ville. Une locomotive se dirige vers la zone industrielle en tirant probablement un autre convoi d'hydrocarbures. Être restés entre les traverses du chemin de fer, Samuel et moi aurions été écrasés comme des fourmis. Dans la région, les trains représentent un indispensable moyen de transport ; personne ne présumerait le contraire. Toutefois, l'usage qu'en font les compagnies pétrolières surpasse leur vocation première. Si pour certains, ils symbolisent le principal moteur de l'économie, pour d'autres, ils deviennent, lorsqu'ils sont chargés de combustible, de véritables bombes ambulantes.

Et j'entends une autre explosion, indistincte.

Petites, nous étions les meilleures amies du monde. Tu me faisais confiance au point d'avoir accepté de me raconter ton histoire. Je m'en souviens dans les moindres détails.

Tu avais passé quelques jours dans un chalet près du lac Louise avec tes parents et tes sœurs jumelles, Rachel et Laura. Vous en étiez à la dernière soirée de vos vacances. Ton père avait préparé les couvertures, la musique, les chaises pliantes et, surtout, les guimauves que vous deviez faire griller devant un feu de camp. Il ventait très fort. Ta mère avait peur des tisons.

« Chéri, tu vas mettre le feu au chalet », s'inquiétait-elle avant même que la première étincelle soit apparue.

Pour la rassurer, ton père avait tout déplacé en direction de la plage. Et pendant qu'il tentait d'allumer le feu, tes sœurs l'interrogeaient sur la nécessité de s'installer à une si grande distance du chalet. Le ciel était à l'orage. Laura disait que c'était une perte de temps parce qu'il faudrait rentrer en catastrophe dès les premiers éclairs, et Rachel approuvait, comme toujours.

La chance ne vous avait pas souri durant vos vacances. L'escalade, les randonnées, les pique-niques, toutes ces activités avaient été constamment remises parce qu'il avait plu à boire debout, jour après jour. Tout était humide. C'est pour ça que ton père n'arrivait pas à allumer le feu. Il avait utilisé du kérosène comme accélérant. Son initiative n'était pas l'idée du siècle. Malgré tout, il avait démontré une grande prudence. Il s'était placé dos au vent. Il vous avait demandé de ne pas installer tout de suite les chaises pliantes et il s'était tenu lui-même à une distance raisonnable du tas de bois dans lequel – personne ne l'avait remarqué – de petites flammes avaient déjà pris naissance. Toi, tu étais à côté de ton père. Tu disais à tes sœurs que tu serais la première à faire griller une guimauve. Tu brandissais la tienne au bout d'une fourchette de métal. Tu as toujours aimé le sucré. Je parie que tu en aurais mangé jusqu'à ce que tu sois gonflée comme un ballon.

Lorsque le kérosène avait touché aux flammes, le feu avait pris instantanément, mais il avait aussi suivi le trajet inverse, s'alimentant du filet de carburant tel un boomerang qui serait revenu vers le bidon.

Par malheur, tu étais juste à côté.

La foudre est tombée sur toi et ce n'est pas du ciel qu'elle est venue.

Chaque fois que je repense à ton histoire, j'ai l'impression que c'est la mienne. Ça me fait mal, et je refuse d'imaginer tes cheveux, ton visage, tes cris à fendre l'âme.

Les reflets sur les vitres m'ont toujours attirée. Dans les fenêtres du chalet, je vois une lumière orangée derrière laquelle se trouvent des jeux de société, des sacs d'escalade, des valises déjà remplies et sur lesquelles tes oursons Winnie et Yogi ont été déposés.

À Brodec, je m'amusais aussi avec des animaux de peluche. Les miens étaient plus modestes et de piètre qualité. Ma famille était moins fortunée que la tienne, et mon jeu préféré, je l'avais inventé moi-même : faire parler mon éléphant rose et ma tortue Tordue. C'est probablement de cette façon que j'ai amélioré la prononciation de certaines syllabes, auparavant inarticulables.

Les troubles de sommeil affectent la majorité des enfants brûlés. Je ne faisais pas exception. La nuit, lorsqu'il m'arrivait de ne pas dormir, je m'installais devant la fenêtre pour offrir à mes étoiles un spectacle de marionnettes. J'empruntais le titre à l'un de mes exercices de diction : « L'éléphant trompe la petite tortue Tordue. » Marly, dis-le dix fois de suite. Tu verras, c'est compliqué. Moi, ça m'amusait.

Une fois, j'ai découvert que je disposais d'un don particulier. Je pouvais faire bouger mon éléphant rose sans même le toucher. Si je levais le bras, il levait le bras. Ça fonctionnait à tout coup. Peu importe la vitesse du mouvement ou la partie du corps que je remuais. Ce soir-là, il faisait noir comme chez le loup. J'étais déçue que mes étoiles aient filé à l'anglaise. Et en les cherchant désespérément, je me suis approchée de la fenêtre. Dans le reflet, j'ai remarqué les yeux de ma tortue qui brillaient comme des diamants. J'ai dû m'avancer un peu trop près. J'ai alors aperçu ceux de mon éléphant rose. C'est à ce moment que j'ai entendu un bruit. Le front de mon éléphant s'est heurté au mien. C'était très froid. Marly, l'éléphant, c'était moi. Mon reflet dans la vitre. Le rose violacé de ma peau. La protubérance sur laquelle serait éventuellement greffé mon nez. Et surtout, la tristesse d'être laide.

Ce n'est pas chez toi, mais à l'hôpital que l'ambulance t'a conduite après la tragédie du lac Louise. Sans tes oursons de peluche. Sans Rachel et Laura. Et pendant que tu luttais pour ta vie, moi, à Brodec, je me préparais à la rentrée scolaire en feuilletant sagement l'*Encyclopédie illustrée sur l'expansion de l'Univers*. Mes grands-parents faisaient tout pour faciliter mon intégration : les exercices de diction, les encouragements, les câlins à volonté. Ils avaient aussi insisté pour que j'apprenne par cœur mon adresse, mon âge, ainsi qu'une série de formules de politesse. Ils voulaient me donner confiance en moi, me protéger, m'outiller comme on aide un monstre à se rendre au pays des merveilles.

Marly, je ne savais pas ce qui m'attendait.

« Je m'appelle Henrietta Johnson. J'ai six ans. Comment allez-vous ? J'habite au 34 de la Sunnyside Road et je veux devenir astronome. »

À part moi, personne dans la cour de l'école ne devrait connaître les phrases que je répète dans ma tête. Pourtant, j'ai l'impression d'être célèbre, funestement, comme si mon histoire s'était répandue telle une traînée d'encre sur des journaux à sensation. On me dévisage. On se moque de moi. On me bouscule. Je suis comme une attraction dans un cirque, mais en pire, et les interventions de Samuel n'y changent rien.

« Henrietta la *piñata* ! » reprennent *ad nauseam* certains élèves.

Je me dis que les gamins qui m'insultent ont raison. Mon faciès évoque l'apparence des pantins en papier mâché, et viendra le moment où l'on me battra à coups de bâton et de banderille. Regards protecteurs. Paroles réconfortantes. Bises maternelles sur les joues des enfants.

Marly, tu as un joli prénom. Le mien n'est pas vilain non plus. Pourquoi s'en donne-t-on à cœur joie pour le triturer et me soumettre ainsi à de cruelles avanies ?

Mais rassure-toi, tout n'est pas complètement noir pendant la rentrée scolaire. L'expérience demeure positive. J'y retrouve un plaisir subtil, celui des sens et de l'étonnement, semblable aux joies partagées avec toi lors de la chasse aux papillons du Mateo Center. Cette fois, ce ne sont pas des monarques ou des *colias* que j'attrape au vol, mais de purs éclats de bonheur rayonnant devant tant de mères réunies.

On dirait des fées. Tu les vois ? Elles se comptent par dizaines. Il y en a des corpulentes avec du rouge à lèvres et d'autres en tenue du dimanche qui s'animent avec des sourires brillants comme la lune. Et les cajoleuses, les bichonneuses, et les plus discrètes, engoncées dans leurs combinaisons grèges des usines pétrochimiques. Marly, je suis envoûtée. Tout de ces mères me fascine. La douceur de leur voix, leurs gestes tendres, leurs vêtements, mais surtout leurs parfums délicats qui jettent un baume sur les puanteurs de Brodec.

Marly, ta mère à toi, elle était comment ?

L'atmosphère familiale me réconcilie avec la rentrée scolaire, et j'en oublie même le bras protecteur de Samuel qui m'incite à me faufiler dans le fourmillement des élèves. Il a été convenu que j'entrerais avant les autres, et le moment est arrivé de foncer la tête la première.

Au pied du grand escalier, mon professeur m'attend, visiblement mal à l'aise devant le tonnerre d'applaudissements ironiques que je reçois comme des claques sur mes joues. Moi aussi, je les entends, ces railleries. Je suis chauve. Pas sourde. Sous mon chapeau pare-soleil, l'enflure de mon cuir chevelu s'étend jusqu'à mes paupières. Mon champ de vision est restreint. Et en montant les marches, je dois baisser les yeux pour regarder où je vais, mais aussi pour tendre la main à chacun de mes amis imaginaires. Marly, tu es la seule à connaître leur existence. Déjà, à mon premier jour d'école, je m'en suis inventé toute une armée pour ne pas perdre pied et déclencher une risée générale.

« Voici les comprimés d'Henrietta. C'est deux toutes les quatre heures, explique Samuel.

— On vous attendait plus tôt, monsieur Johnson.

— Nous avons eu un petit accident. On a dû ralentir le pas.

— Petit ? À vous voir marcher, ça me semble plutôt sérieux. »

La porte de l'entrée principale se referme. Je n'ai aucun souvenir d'avoir embrassé Samuel ni du moment où j'ai retiré mon porte-bonheur de mon sac à dos : une simple breloque trouvée dans la commode de ma mère, attachée à ma tortue Tordue. Je les tiens dans mes mains comme des bouées de sauvetage. Et pendant que j'avance dans le corridor, les « Henrietta la *piñata* » s'atténuent comme par magie, le toit s'envole, et apparaît un ciel bleu comme une mer dans laquelle on se jette.

Une radio joue dans un bureau. L'école est immense. Il y a partout des odeurs de détergent et de peinture fraîche. Ça sent bon. Tout est immaculé : les extincteurs d'incendie, les vitres des locaux et même l'enfilade de casiers brillent comme de l'argenterie astiquée pendant des heures.

« J'ai entendu dire que tu aimes l'astronomie. C'est vrai ? »

Je voudrais répondre à mon professeur, mais je ne peux pas. Si j'ouvre la bouche, la mâchoire me fait mal.

Les questions se multiplient.

« Tu sais combien il y a de planètes dans le système solaire ? C'est laquelle ta préférée ? Et les extraterrestres, tu y crois ? »

Marly, comment puis-je savoir si la vie existe ailleurs dans l'Univers alors que je la cherche encore à l'intérieur de moi ?

« En haut de l'escalier, c'est la salle des sciences. On y fera tout plein d'expériences. »

Plutôt que de monter à l'étage, nous empruntons une autre direction, celle de ma classe, celle qui est destinée aux élèves en difficulté. N'ayant pas tout à fait saisi le sens de l'expression « adaptation scolaire », j'ai peur d'y trouver des enfants que je m'imagine à trois bras et gavés de tranquillisants.

« Reviens, Henrietta. Tout de suite ! »

Je cours maladroitement non pas vers l'escalier, mais vers la sortie, et, à bout de souffle, je m'arrête près d'un casier par lequel je souhaiterais me sauver. La porte sur laquelle je m'acharne ne s'ouvre pas et c'est avec ma tête que j'essaie de briser le cadenas.

Le professeur appelle à l'aide.

Deux mains se posent sur moi, puis quatre. Sentinelle perdue d'avance, je lutte contre une contention humaine, comme des courroies constituées de bras tendus sur ma peau, ceux du professeur, mais surtout ceux d'une femme dont je ne reconnais pas la voix. Le timbre est doux, rassurant, maternel, mais rien ne m'apaise, et si ce n'était pas des difficultés de mouvement de ma mâchoire, j'expliquerais aux adultes que je ne suis pas une *piñata* et que je veux partir de l'école. Je suis timide, mais je suis aussi impulsive, et je frappe maintenant partout, notamment sur la représentation mentale de chacun des élèves que mes grands-parents m'ont demandé de ne pas détester.

Marly, le Malheur arrive. Aide-moi. J'étouffe.

La contention humaine se détend, je me calme et, les mains entre les jambes, je tente de dissimuler les gouttes d'urine qui s'accumulent sur le tissu de mon pantalon. J'ai honte de mon odeur, de mon apparence, et de cette voix qui rit nerveusement comme celle d'une enfant marginale qui souhaiterait ne jamais avoir existé.

La cloche de l'école retentit. Je crois qu'il s'agit d'une alarme d'incendie. Je ferme les yeux et me réfugie dans mon petit monde.

Lot de consolation. Bouffées de tendresse. Les chansons d'Adrienne me reviennent à l'esprit, celles de John Lennon, celles qui demeurent imperceptibles à l'oreille des autres élèves et dont les mélodies, tout doucement, se jettent sur moi comme un voile me protégeant de l'éblouissement.

Près du marché Maisonneuve, je connais un endroit génial. On y vend les meilleures tisanes en ville. Marly, hier, j'ai eu une envie folle de t'en acheter. Ne te moque pas de moi, je le sais, il n'y a pas d'adresse à laquelle je peux te les envoyer. Je m'en suis tout de même procuré quelques assortiments : ginseng et mélisse, citron et camomille, fenouil et verveine. J'aime leur odeur, leur effet apaisant, et sous les branches du lilas, c'est paradisiaque.

Devant une tasse à demi vide et le chat qui ronronne resurgit une image aperçue dans la cour de l'école. Traits délicats, cheveux noirs bouclés, futur séducteur, c'est lui, je le reconnais : le visage ingénu du Malheur, celui que l'on ne souhaite à personne et par qui les « Henrietta la *piñata* » sont arrivés.

Je suis dans ma classe avec la directrice et le professeur.

« Henrietta ? »

Les voix me parviennent avec un certain décalage.

« Tu m'écoutes ? »

En frappant sur mon bureau, je suis le rythme d'une musique que je crois être imaginaire. Or, des vibrations se propagent aux pupitres et aux armoires de bois. Un premier soubresaut m'effraie et j'en déduis que Brodec est situé sur l'épicentre d'un désastre annoncé. Je catastrophise. La plupart des tremblements de terre ne durent que quelques secondes. Or, celui dans la classe se poursuit. Il y a des cris dans le corridor, comme une panique générale, comme si dix mille Janet Leigh hurlaient sous la douche. Le système de gicleurs est sur le point de s'activer. J'appréhende un véritable déluge et je respire maintenant l'air tel un parfum de fin du monde.

Le professeur et la directrice lèvent la tête, s'agitent, et pendant que tout s'écroule, je vois le Malheur entrer par la grande porte. Une dizaine d'élèves l'accompagnent, dont le plus jeune des Stepanski, ce voisin de la Sunnyside Road qui m'énerve. Il couine comme un rat. Il se chamaille. Et je me dis que, si la matinée continue comme ça, mon cerveau finira par exploser comme une grenade qu'on dégoupille.

Le Malheur est maintenant assis à côté de moi. On nous parle des prochaines activités. La journée se poursuit. Nous sortons dans la cour. Le Malheur me pousse. On nous donne des ballons. J'échappe le mien par mégarde. Le Malheur rit. Je lui enlève le sien. Il me pousse à nouveau. Rien de grave.

De retour à l'intérieur, un élève a utilisé son bâton de colle pour enduire la chaise du professeur d'une couche de glu transparente. La frénésie s'empare de la classe. Enhardie, je lève la main.

« Moi, la colle.

— Henrietta, sois sérieuse », me répond le professeur, incrédule.

J'ignore pourquoi j'affirme être la coupable. Pour être punie ? Pour être exclue d'un groupe dans lequel je ne me reconnais pas ? Peu importe, voilà que le Malheur me regarde droit dans les yeux. Il parle si bas que je dois lui faire signe de répéter.

« Je t'ai dit que t'es laide. Tu comprends rien ? » me lâche-t-il.

Trou noir. Les mains couvertes de sang.

J'exècre le Malheur autant que le propane et le kérosène. À preuve : je lui ai sauté dessus. J'ai placé mon porte-bonheur sur son cou comme un scalpel sur un malade et je me suis métamorphosée. Je suis devenue ma mère, folle, imprévisible. Puis j'ai poussé la breloque dans la gorge de mon voisin. Il est impossible que j'aie si facilement déclenché le saignement. Marly, mon histoire est encore plus scabreuse. Pendant l'assaut, j'en ai profité pour mordre dans le Malheur à pleines dents. Et pour l'avoir expérimenté sous la tente à oxygène, je sais que, sans air, on panique et on ne peut plus bouger.

Alors, j'ai aussi serré avec mes mains.

« Henrietta, arrête ! »

Malgré les apparences, je ne suis pas un monstre. Je me relève dès qu'on me le demande, m'excuse poliment et accepte volontiers de suivre le professeur.

En sortant de la classe, je me retourne vers le Malheur, sur lequel je ne me suis peut-être pas suffisamment acharnée. Il est déjà sur ses pieds et me lance une dernière remarque.

« Tu sens le pipi.

— Henrietta. Viens avec moi. »

Marly, ça fait du bien de se réfugier dans son petit monde, de parler à des personnes qui n'existent pas, d'être dans la lune, par plaisir ou pour éviter les regards des autres. Cependant, je te confirme que, dans la classe, le Malheur est le pire des amis imaginaires.

Entre ma sortie de la classe et mon expulsion de l'école, j'ai l'impression qu'une éternité s'est écoulée. Je ne me souviens de rien. J'ignore par quel moyen Adrienne s'est déplacée de l'usine jusqu'ici.

Mon histoire se poursuit lorsque j'ouvre les yeux, étendue sur un fauteuil dans le bureau de la directrice. Deux femmes parlent d'accident, de fracture, de voie ferrée, de l'hospitalisation de Samuel.

« Si ça peut vous aider, madame Johnson, le gardien de sécurité ira reconduire Henrietta à la maison.

— Tout ça pour un pantalon mouillé...

— Ce n'est pas la question. Votre petite-fille s'est levée dans la classe pendant que le professeur parlait. Elle frappait dans le vide comme si elle s'en prenait à quelqu'un. Vous vous rendez compte ? Ce n'est pas normal, madame Johnson. Henrietta a besoin de repos.

— Les médecins étaient d'accord pour qu'elle commence l'école !

— Pas nous, justement. Votre petite-fille est trop fragile. Elle s'invente des histoires. On la réinsérera plus tard. Madame Johnson, on ne vous abandonne pas. On fera un suivi. Quelqu'un ira chez vous.

— Vous savez qu'Henrietta veut devenir astronome ?

— Oui. Son professeur m'en a parlé.

— Et on lui dit quoi maintenant ? Nous, on n'a rien à la maison pour l'aider.

— Je vous rappellerai bientôt, madame Johnson. »

Nous sommes dans le stationnement de l'école Saint-James, Adrienne et moi.

Coups de klaxon en rafales. Crissement de pneus. Pétarade d'un moteur suralimenté. Un véhicule fonce droit sur nous.

« C'est pas vrai », marmonne Adrienne.

Il ne s'agit pas du gardien, Marly. C'est Roxane, ma mère, cette femme que tu n'as jamais eu l'occasion de rencontrer. Elle arrive en conduisant un *pick-up* aux accessoires chromés comme des miroirs. Cigarette au bec, elle se contorsionne jusqu'à la vitre du passager.

« Embarque, *sweetie* ! C'est moi qui te ramène.

— La directrice a proposé que le gardien raccompagne Henrietta à la maison.

— Je sais, *mommy*. Sa secrétaire vient de m'appeler. J'ai refusé. Et *by the way*, la mère d'Henrietta, c'est moi.

— OK, mais oublie pas de lui donner ses comprimés. La boîte est dans la pharmacie. »

Roxane sort du véhicule. M'installe sur mon siège. S'allume une autre cigarette. Revient derrière le volant.

« Pourquoi tu fumes ? Henrietta a besoin d'air frais, lui dit Adrienne.

— Parlant d'air frais, tu peux retourner travailler à l'usine. Je m'occupe de ma fille. Et pour ton uniforme, prends une taille plus grande la prochaine fois. T'as l'air un peu *tight.* »

La vitre de la portière se referme comme un froid sur la conversation. Le *pick-up* part en trombe. Je me sens comme dans une fusée.

« Tu pensais pas que je viendrais te chercher avec le *pick-up* de Bruce, hein ?

— Veux aller sur la Lune, dis-je en tournant mon propre volant à gauche, puis à droite.

— Arrête avec tes histoires. Tu sais, le ciel, c'est comme l'école. C'est pas ce qu'il y a de plus utile. Oublie tout ça. On s'en va chez Benny's Donuts. »

Le *pick-up* zigzague sous les panneaux publicitaires. J'imite Roxane avec mon volant imaginaire. Comme elle, je chante à tue-tête. Je suis la meilleure des pilotes. La vie est belle. Soixante-treize secondes d'ivresse. Du bitume à perte de vue. Un plaisir monstre. Puis c'est la descente vertigineuse de la bretelle d'accès de la Sunnyside Road.

« *Fuck*, les freins ! » crie Roxane pendant que nous activons le mécanisme de nos freins d'urgence.

Ma tête frappe le dossier. Le moteur s'arrête. Des fumerolles s'échappent de mes oreilles. Marly, je ne changerai jamais. Même enfant, je suis un petit volcan pas du tout tranquille.

Nous sommes arrivées au Benny's Donuts.

Marly, tu appartiens à un monde parfait, à une ville parfaite, là où les divertissements fusent de partout : zoo, musées, parcs, gratte-ciel, tour d'observation, et j'en passe. Chez moi, c'est ici qu'on se distrait, au centre commercial de Brodec. Personne ne s'en plaint. On y trouve entre autres commerces le Benny's Donuts, le Z Mart, le marché public, et surtout, beaucoup de béton et un immense bar de danseuses dont l'enseigne me rappelle – en plus lumineux – le corps de ma mère.

« Bruce pourrait vérifier son *break* à bras ! On va finir par se tuer ! *Anyway*, sois sage, *sweetie*. Je reviens dans quelques minutes. Touche pas aux clés et ouvre à personne », me dit Roxane en fermant la portière.

Le moteur tourne. L'attente est interminable. C'est au moment où je me déplace sur le siège du conducteur que je prends conscience du panorama. Roxane s'est garée à proximité du viaduc ferroviaire ; cette impressionnante structure vert bouteille qui élève vers le ciel chacun des trains en provenance de Brodec. Le matin même, à notre départ de la maison, Samuel et moi avons croisé Mme Stepanski, la voisine. Elle se rendait à son travail, justement au Z Mart. Elle nous a juré qu'un accident surviendrait sur le viaduc.

« Un jour, c'est moi qui vous le dis, ça va péter ! » a-t-elle insisté.

Mme Stepanski fait partie de ces gens qui croient que les convois d'hydrocarbures sont de dangereuses bombes sur rails. Adrienne et Samuel répètent qu'elle est dérangée et qu'il ne faut pas accorder d'importance à ses propos ni à ceux de ses garçons. Toutefois, ses vaticinations ont été si convaincantes qu'elles m'incitent à prendre le volant.

« Touche à rien », m'a dit Roxane.

L'interdiction m'attise. J'appuie sur l'accélérateur et je me vois déjà remonter la bretelle d'accès de la Sunnyside Road, comme sur une rampe de lancement vers le ciel. Henrietta Johnson, conductrice de *pick-up* et vedette d'un road movie. *Sky's the limit.*

Bien entendu, tout ça n'est que le fruit de mon imagination. Le *pick-up* demeure immobile et le moteur cale.

Toujours sans nouvelles de Roxane, je me console en étreignant sur mon cœur ma tortue Tordue et mon porte-bonheur. Le vent se lève. La nuit s'avance.

Dans ma chambre, lorsque je ne parviens pas à dormir, Samuel vient me trouver et nous traçons nos propres étoiles sur la fenêtre, comme un Big Bang en temps réel. Assise dans le *pick-up*, je fais la même chose sur les vitres embuées.

Laboratoire clandestin. Lumière artificielle. Beautés éphémères. Je rêve d'absolu. Sur le pare-brise, il y a maintenant le visage d'un homme éméché qui arrive du bar de danseuses.

« Salut, la belle enfant ! » me lance-t-il.

« Ouvre à personne », m'a dit Roxane en sortant du *pick-up*.

Je n'ouvre pas et me love plutôt sur la banquette. L'homme tire sur la poignée. La portière finit par s'ouvrir. Un vent mutique entre dans le véhicule. Je ne réagis plus. Je suis déjà loin, terrée dans mon univers, le mien, celui des flammes, de l'éclatement et de tous les Big Bang.

J'ai besoin de respirer profondément, de sentir l'air printanier, les fleurs du lilas, les odeurs de ma cour de Montréal.

Je révise ma présentation destinée au club d'astronomie. Tout y est sur Christa McAuliffe, sa jeunesse dans le Massachusetts, son entraînement à la NASA et l'hommage posthume lu par Ronald Reagan, le président américain de l'époque.

Marly, je m'ennuie de toi. Si tu pouvais apparaître comme par magie... Nous monterions l'escalier jusqu'au toit-terrasse pour contempler sans obstruction les étoiles, les lumières de la ville, l'éclairage du stade olympique et, un peu plus loin, les raffineries de Montréal-Est dont l'enchevêtrement de conduits tubulaires est visible à partir de chez moi. Ça ressemble à Brodec, du moins à l'image que j'en conserve. On dit que, à Montréal, à partir des réservoirs de stockage, il s'échappe des milliers de litres de carburants chaque année. C'est étrange. Personne ici ne semble s'en inquiéter, et ça devait être aussi comme ça à Brodec. Les préoccupations économiques occultent le tort que nous causons à l'environnement. Nous oublions le monstre que nous avons nous-mêmes créé, tel un éléphant dans un magasin de porcelaine.

L'éléphant, Marly. Tu te souviens ?

Dernières gorgées de tisane à la camomille. Respirations profondes. Douces caresses au chat du guitariste comme un désir de rapprochement avec son propriétaire. Grand, discret, énigmatique, mon voisin m'attire. Mais je ne suis pas naïve. Je me doute de son probable manque d'intérêt pour une fille qui a l'air de faire deux fois son âge. Marly, tu me consoleras en me disant qu'il y a toujours une première étape, que j'ai au moins réussi à séduire son chat, qui me harcèle maintenant afin d'obtenir une gâterie. Son museau effleure mes joues, des parties de mon corps que nos médecins considèrent comme des exploits techniques et que je trouve encore aujourd'hui trop volumineuses, trop rebondies, trop lissées. Pour ce qui est de mon estime de moi, c'est plus complexe. Les chirurgiens ne sont pas parvenus à m'en greffer une. Mais je fais des progrès.

J'interromps ma rédaction pour aller dans l'appartement. La cuisine est en désordre comme la chambre d'un adolescent. C'est pareil sur la tablette du réfrigérateur sur laquelle je garde des bouchées de brie dans un contenant de plastique ; une pâte suffisamment molle pour ne pas heurter les dents du vieux félin. Les gâteries ne sont pas réservées qu'à la gent animale ; les armoires sont remplies de tisanes provenant des quatre coins de la planète. J'en choisis une au hasard. Ginseng rouge importé de Corée. Je verse l'eau dans la bouilloire. Et avant d'ouvrir le brûleur de la cuisinière, je reproduis les mêmes gestes, telle une automate.

Je ne t'ai jamais parlé de ce léger dérèglement de mon cerveau. Si tu me croisais dans la rue, je te jure que rien n'y paraîtrait. J'ai l'air normale physiquement, mais aussi mentalement. Personne ne peut se douter qu'à l'idée de la moindre agitation de l'eau, avant même le sifflement de la bouilloire, je retire systématiquement mes vêtements. Marly, lorsque je suis dans cet état, je suis incapable de me raisonner. Je dois me déshabiller au complet, poussée par le besoin d'être nue, de retrouver les sensations sur ma peau, comme à l'hôpital quand j'étais immergée dans ces bains thérapeutiques. On y débridait mes plaies. On bougeait mes membres. On coupait les chairs mortes. Puis on me replaçait sur la civière comme une petite liasse de papier pelure. Le plus beau moment commençait lorsque l'infirmière m'enveloppait d'une pellicule transparente, telle une nouvelle peau. Les couvertures tièdes, les murmures à l'oreille, la routine de l'après-bain, tout ça me faisait vivre un bonheur quotidien, tendre, et partagé avec de purs étrangers. Marly, j'ai souvent souhaité oublier cette période trouble de mon existence. Passer à autre chose. Mais mon corps, lui, ne veut pas.

Je dépose délicatement la bouilloire sur la cuisinière. J'attends, nue, l'âme avide, en quête de sensations fortes. Et le miracle se produit.

L'eau bout. L'odeur de gaz me pénètre, se loge dans mon nez, dans ma gorge, partout, comme avant à Brodec dans ma vie de petite fille.

Je referme le brûleur, enfile mes vêtements et m'empresse de quitter l'appartement, sinon j'y resterais pendant des heures, comme dans un jardin d'enfants.

Le chat du guitariste est fier comme un paon. Yeux plissés, il dévore le fromage jusqu'à la dernière bouchée. Dos courbé. Miaulements de plaisir. Pendant que je cajole la bête, j'aperçois quelqu'un sur la pelouse. J'hallucine. Roxane est étendue sur le sol, inerte, presque nue. Tu le vois, son corps frêle ? Et ses jambes, son nombril tatoué, son sexe poilu ?

Marly, j'avance vers ce qui ressemble en tous points à ma mère. Évidemment, ce n'est pas elle. Devant moi est allongée l'une de mes voisines du troisième étage, comme si une suicidaire s'était lancée du balcon. Elle ne semble ni souffrante ni blessée. Je lui offre un verre d'eau qu'elle refuse d'un sourire poli puis je l'aide à se déplacer jusqu'à une chaise.

Pourquoi est-elle de retour dans la cour ?

« T'es sûre que ça va ? » lui demandé-je.

Je n'obtiens qu'un grommellement indéchiffrable, quelque chose en lien avec un insecte. Je ne comprends pas. Puis elle adopte la position fœtale comme si elle retombait en enfance. Je fais la même chose.

Parfois, il y a des nuits qui planent sur nous comme une menace sournoise. Plutôt que de faire face à la Sunnyside Road ou à l'incendie de l'avenue B, je me conforte dans le récit de Samuel, que je te retranscris intégralement sur mon ordinateur.

Le dernier train

16 AOÛT 1995

Henrietta, j'ai toujours aimé le cinéma. Mais je ne suis pas Hitchcock. Ni Scorsese ou Godard. Je n'ai pas d'imagination. Toi, tu es si douée. Tu parviens à t'inventer un monde en clignant des yeux. Lorsque tu seras grande, si tu ne deviens pas astronome, je te conseille de faire des films. En tous les cas, ma vie en est un, sans musique et sans générique, et avant d'y ajouter le mot « Fin », permets-moi de m'offrir un immense plaisir en t'écrivant comme je l'ai fait durant les deux dernières années à bord du train en partance de Brodec.

Je ne t'ai jamais expliqué comment l'idée m'est venue de m'adresser à toi dans mes calepins.

Tout a commencé par l'ostéomyélite et ton hospitalisation prolongée. Je n'arrivais pas à accepter d'être séparé de toi - pour une seconde fois depuis l'incendie - et je m'étais fixé l'objectif d'aller te visiter tous les jours. La semaine, ta grand-mère devait se rendre à l'usine. Ce n'est qu'exceptionnellement qu'elle m'accompagnait jusqu'au quai pour me laisser monter seul à bord du train. Deux heures de transport, c'est très long, et il me fallait trouver quelque chose pour m'occuper.

C'est en fouillant dans les tiroirs de la commode que j'ai retrouvé mes vieux calepins du temps où je travaillais à l'Université McGill. Adrienne dit toujours que vivre en région éloignée stimule la créativité. Là-dessus, je dois lui donner raison, et ce ne sont pas des mots ou des phrases qui me sont d'abord venus à l'esprit, mais plutôt des étoiles que je griffonnais sur chacune des pages vierges. Arrivé à l'hôpital, je te montrais mes barbouillages. Les infirmières devaient me croire atteint d'une maladie de vieux, de démence, d'Alzheimer, ou quelque chose du genre. Henrietta, je savais parfaitement que tu étais dans un coma artificiel.

De semaine en semaine, à mes étoiles se sont ajoutés des éléments que j'apercevais par la fenêtre du train ; le ciel, les avions, les viaducs ferroviaires. Je te l'ai déjà dit : je ne possède pas ton imagination. Je t'illustrais donc mes observations comme elles apparaissaient dans la réalité. Un jour, tu as réagi à l'un de mes dessins. J'ai vu un léger mouvement de paupières. Tu l'as répété quelques fois. Henrietta, c'était le début de ta guérison. J'étais le grand-père le plus heureux du monde et j'étais prêt pour la suite des choses, pour t'aider à reprendre des forces, bouger, parler, manger.

À bord du train, les déplacements me paraissaient de plus en plus longs parce que je mourais d'impatience d'arriver à l'hôpital pour constater les progrès que tu accomplissais. C'est alors que j'ai commencé à écrire dans mes calepins en faisant comme si tu étais assise à mes côtés. Tu m'imagines jongler avec les mots, moi, Samuel Johnson, spécialiste de rien et retraité de la polisseuse industrielle?

Henrietta, je me suis fait attraper à mon propre jeu. J'ai complètement mis fin à mes dessins pour te raconter en détail chacun de mes allers-retours. Depuis, je m'adresse à toi comme on le fait à une adulte. Je le sais: tu auras bientôt neuf ans – que neuf ans.

Mercredi dernier, le neuropsychologue du Mateo Center t'a fait passer des tests afin d'établir ton niveau scolaire et vérifier l'état de ta mémoire. Il n'était donc pas question de te visiter ce jour-là. L'objectif de mon voyage consistait plutôt à faire mes adieux à Marcello[*].

Rien ne s'est déroulé comme prévu; la panne du train, mon rendez-vous raté, cette difficulté à t'écrire, et c'est aujourd'hui que je me reprends, une semaine plus tard, assis à la table dans la cuisine de la Sunnyside Road. Adrienne et Roxane sont parties au Z Mart. J'ai tout mon temps, seul avec ma nouvelle acquisition: une bonbonne à oxygène reçue hier matin.

Henrietta, voici ce calepin que je t'offre comme un gros câlin.

---

[*] Note à Marly: Marcello et sa femme m'ont souvent visitée à l'hôpital. Leur présence avait été suggérée par la travailleuse sociale et, lors de certains congés, les week-ends, ils faisaient office pour moi de famille d'accueil à temps partiel. Au fil du temps, Marcello et mon grand-père sont devenus de bons amis et d'inséparables joueurs de cartes.

Ta grand-mère est belle comme Janet Leigh et intelligente comme Ingrid Bergman. Elle a cependant un grand défaut : elle insiste parfois un peu trop. Laisse-moi t'expliquer ce qui s'est passé avant d'aller au lit, la veille de mon départ. « Pour l'amour, arrêtez de jouer aux cartes et parlez-vous, toi et Marcello ! Ces voyages-là, ça t'épuise. Attends-tu de faire une crise cardiaque dans le train ? »

Cette fois-ci, Adrienne avait raison de revenir à la charge. Ma santé décline depuis quelque temps, et c'est vrai que je dois éviter les déplacements. Avant de fermer l'œil, j'ai promis à Adrienne de clarifier les choses avec Marcello, d'aller à sa rencontre dès le lendemain matin et de lui dire que je ne voyagerais plus.

La canicule sévissait. Le stress faisait en sorte que je n'arrivais pas à dormir. Rien n'entrait par la fenêtre de la chambre mis à part le sifflement du train. Et au lieu d'avaler un somnifère ou de compter les moutons, je suis sorti à l'extérieur. C'était inhabituel ; il n'y avait pas ce nuage de smog qui flotte généralement au-dessus de Brodec. La lune éclairait comme en plein jour. Insomniaque, j'ai fixé le ciel en pensant à toi.

Tu te souviens de l'*Encyclopédie illustrée sur l'expansion de l'Univers*, de Sirius, Centauri, Vega et Alhena?

Je me suis ainsi rappelé les moments durant lesquels je t'avais initiée à la théorie du Big Bang, aux trous noirs, et aux étoiles que nous tracions avec nos doigts sur la buée ou la poussière des vitres de l'appartement. Henrietta, ce soir-là, j'ai eu l'impression que c'était mon Big Bang à moi qui se préparait. Les articulations raides comme jamais, je suis resté au milieu de la cour, songeant à ce que l'avenir me réservait. Je me sentais comme ta tortue Tordue. En plus vieux. Comme les espèces marines qui, après la ponte, marchent vers l'océan pour une dernière fois. J'ai fini par me raisonner. Je suis revenu dans la chambre. Il fallait dormir pour reprendre des forces.

À six heures du matin, je me suis réveillé. Mon cœur battait la chamade.

« Qu'est-ce qu'il y a, Samuel? m'a demandé ta grand-mère.

— Je pense à Henrietta. Ça me rend anxieux. C'est tout », ai-je prétendu, alors que de violentes palpitations m'avaient tiré de mon sommeil.

J'ai bien vu qu'Adrienne se doutait de mon malaise. Je n'ai pas voulu l'inquiéter et j'ai pris une première nitro à son insu avant de m'habiller en vitesse.

J'étais prêt pour la gare. Ta grand-mère était assise au salon lorsque je lui ai fait la bise. Elle regardait les calepins et la série de photos datant de 1969.

« Samuel, les reliures de tes calepins se défont. Tu as eu une excellente idée en demandant à Marcello de les numériser dans son ordinateur. Un jour, on lui proposera de faire la même chose avec nos photos. »

Je me suis mis à chanter un air de l'idole d'Adrienne : *Come Together*. Tout au long des premiers calepins, je t'ai souvent parlé de John Lennon, de ses combats pour la paix, de son *bed-in* tenu au Reine-Elizabeth de Montréal et de l'effervescence des années 1960.

Je ne t'ai cependant jamais expliqué qu'à l'instar de John Lennon et de sa compagne Yoko Ono nous avions nous aussi vécu notre *bed-in* au Reine-Elizabeth, en plus sobre et sans journalistes. Je me revoyais sur le belvédère du mont Royal, aussi amoureux d'Adrienne qu'aujourd'hui. Je repensais à son studio de la rue Mansfield, à la naissance de Roxane et à la bombe du magasin Eaton, qui avait radicalement changé nos vies.

L'heure des rêvasseries était terminée. J'ai rangé dans ma valise les photos et les calepins, à l'exception du dernier que j'espérais remplir pendant le voyage, comme à mon habitude. Ta grand-mère lisait le journal en me résumant les grands titres, dont les cinquante ans du bombardement nucléaire de Nagasaki et le procès de Timothy McVeigh, l'auteur des attentats d'Oklahoma City. Le temps me manquait pour écouter le compte rendu d'Adrienne sur les nouvelles de la journée. Je ne voulais pas rater le train et, au lieu de déjeuner, j'ai attrapé un sac de Doritos que je mangerais durant le trajet.

« Je t'appelle un taxi. Il fait trop chaud pour marcher », m'a dit Adrienne.

J'ai refusé.

Vingt minutes plus tard, j'entrais dans la gare. Les portes du wagon étaient déjà ouvertes. Accoutumé à me voir attendre sur un banc, un de mes anciens confrères* s'inquiétait.

« Samuel, on croyait qu'il t'était arrivé quelque chose. Tu étais où ? »

J'ai prétendu que j'allais bien et je me suis assis dans la première rangée. Ma pression artérielle devait frôler des records. J'étais en sueur. Il fallait que je me repose.

Adrienne et Roxane arrivent du Z Mart.

« T'as passé un bon après-midi, mon chéri ?

— Lâche tes calepins, *daddy*, et viens nous rejoindre. »

Henrietta, je te l'ai dit tout à l'heure, je ne t'écris pas à bord du train, mais de la cuisine de la Sunnyside Road. Roxane et Adrienne jacassent comme des pies. Tu sais comment elles sont. Il y a même Oprah Winfrey qui crie à tue-tête par le haut-parleur de la télévision. Il y a trop de femmes qui parlent autour de moi. Je suis épuisé. Je continuerai mon récit demain.

---

* Note à Marly : après avoir quitté Montréal, mon grand-père a occupé un emploi à la gare de Brodec durant une dizaine d'années jusqu'au moment de l'incendie de l'avenue B.

Henrietta, tu n'as pas remis les pieds à Brodec depuis deux ans. Peut-être as-tu déjà oublié les colonnes de fumée, les nuages de poussière, les arbres décharnés?

De ta chambre du Mateo Center, la vue sur la basse-ville est spectaculaire. Il n'y a jamais de smog, jamais de pollution, et tu peux observer librement les chaînes de montagnes qui se dessinent à l'horizon.

Tu seras ravie d'apprendre que tes pots de marguerites ne sont plus les seuls éléments de verdure du quartier. Je sais, tout est relatif, mais à Brodec, quelques plantations nous sont récemment apparues comme une superbe oasis. La ville a commencé à se couvrir de déclinaisons de vert, de rouge et de jaune, des couleurs que nous avions pratiquement oubliées. Des tilleuls ont été plantés aux abords de la Sunnyside Road et des îlots de fleurs agrémentent maintenant le terre-plein central. Je voudrais tellement que tu sois avec nous pour être témoin de ce branle-bas de combat. Imagine, il est même question d'aménager un parc à proximité de l'école Saint-James.

C'est le bruit des travaux de paysagement qui m'a réveillé ce matin. Une armée d'ouvriers se déployait comme si des soldats avaient pour mission de transformer Brodec en jardin botanique. Selon les horticulteurs, les feuilles des arbres améliorent la qualité de l'air. Je suis persuadé qu'ils exagèrent les effets bénéfiques de la végétation en milieu urbain. N'empêche que je ne peux pas leur reprocher de vouloir embellir l'artère principale. Si je pouvais faire la même chose avec mes artères à moi... Henrietta, j'ai soixante-douze ans. Je suis gros, voûté et bourré de cholestérol.

« La mort, c'est elle qui jappe le plus fort, Sacha. » Cette phrase ne provient pas d'un auteur célèbre, mais de notre voisine qui, aidée par l'alcool, la répète inlassablement à son doberman. Mme Stepanski ne s'est jamais remise de la mort de son mari, disparu à la suite d'événements pour le moins obscurs. Henrietta, pour l'avoir frôlée à quelques reprises, tu sais que la mort n'est pas réservée qu'aux adultes. Elle frappe tout le monde, sans distinction, et en ce qui me concerne, je sais qu'elle se présentera bientôt à ma porte. Mais revenons à nos moutons d'hier : mon voyage en train.

Dans le wagon, j'avais peur que mes douleurs au bras gauche se mettent de la partie. L'effet de ma première nitro s'estompait. Je prenais de profondes respirations pour calmer mon angine et je me disais que mon cœur allait bientôt exploser. Ma canne pouvait bien m'aider à limiter les élancements causés par mon ancienne fracture, mais pour les malaises cardiaques, elle était de bien peu d'utilité.

J'ai pris une seconde nitro. Ma condition me préoccupait tellement qu'il fallait un événement majeur pour détourner mon attention. Le bruit sur les rails a été si fort et l'arrêt du train si brusque que mes genoux se sont heurtés à la tablette sur laquelle j'étais appuyé. J'ai cru à un accident, à une collision avec un véhicule sur la voie.

Ma voisine s'est réveillée.

« Vous savez ce qui se passe ? On a heurté quelque chose ? » m'a-t-elle demandé.

J'ai haussé les épaules. Je n'en avais aucune idée. Certaines personnes paraissaient inquiètes tandis que d'autres fixaient le vide comme des robots qui se rendent au travail à l'heure de pointe.

Ma tête s'est mise à tourner. Je devais être vert comme un melon.

« Monsieur, êtes-vous correct ?

— Oui, oui. Ça va. Juste un petit malaise. Je vous remercie, madame...

— S'il vous plaît, laissez tomber le "madame" et appelez-moi Geneviève. »

Le wagon était le plus vétuste dans lequel j'étais jamais monté, tout semblait dater d'une autre époque, et si la mécanique vacillait autant que la tablette sur laquelle j'étais appuyé, cela ne me rassurait nullement pour la suite des choses.

Nous ne sommes pas repartis tout de suite. C'était étrange. L'absence du grincement des roues sur les rails nous plongeait dans un silence quasi onirique, comme si la journée refusait d'avancer. Le train express : une machine à arrêter le temps ?

L'idée d'en être à mon dernier aller-retour me rendait triste. J'étais incapable de t'écrire. Pourtant, j'aurais pu aborder tant de sujets. Même après des dizaines de calepins, tout reste à raconter. Je ne savais plus quoi faire et je me changeais les idées avec ce qui se trouvait autour de moi : des revues à potins abandonnées par des passagers, un journal de la veille et, par la fenêtre, la vue sur une nature depuis longtemps euthanasiée. Il m'a fallu regarder un peu plus loin, attentivement, comme je l'avais fait lors de mes premiers voyages. C'est à ce moment-là que j'ai remarqué à des kilomètres d'altitude deux avions qui zébraient le ciel. On aurait dit des lavis d'encre blanche peints sur un fond bleu. Comme une œuvre de Turner, mais en plus moderne. Des scientifiques m'auraient ramené sur terre en m'expliquant que je ne contemplais que de la condensation formée à la sortie des moteurs. Les filets de fumée me rappelaient ce que j'avais aperçu le 28 janvier 1986, date de l'accident de la navette *Challenger*. Henrietta, cette catastrophe est directement liée à tes origines et à Roxane.

Ce jour-là, le petit écran nous avait montré la disparition tragique de sept astronautes. Je me souviens encore de la boule de feu et de l'expression des spectateurs, dont les centaines d'écoliers en larmes. Les chaînes de télévision avaient repassé sans cesse les mêmes images, comme s'il était utile de diffuser la mort en boucle. On avait particulièrement souligné le décès de Christa McAuliffe, une enseignante qui devait donner un cours à partir de l'espace.

La mémoire fonctionne par association, particulièrement lors d'événements dramatiques, et ce n'est pas par hasard si j'ai retenu les détails de l'accident de *Challenger*. Pendant que nous regardions les images de l'explosion, Roxane nous avait appris qu'elle était enceinte. Elle jurait avoir pris ses précautions. Elle disait attendre des jumelles, ou des jumeaux, en exprimant maladroitement ses craintes quant aux vomissements, au diabète de grossesse et aux risques de malformations des bébés.

Adrienne avait fermé le téléviseur.

« Calme-toi, ma chérie. On va s'arranger. »

Nous avons tout fait et tout dit pour rassurer ta mère, qui a rouvert le téléviseur en déclarant ne plus vouloir parler de sa grossesse. Elle n'en avait que pour l'explosion de *Challenger*. Nous avons donc regardé la suite de l'émission spéciale. Les caméras de CNN s'étaient braquées sur les parents de Christa McAuliffe, au milieu de la foule, seuls au monde et anéantis par la mort de leur fille.

Dans les jours qui ont suivi, Roxane est partie de la Sunnyside Road en nous cachant où elle vivrait.

Elle nous a joints au téléphone des semaines plus tard.

« J'habite sur l'avenue B. Mon bébé va s'appeler Henrietta. »

Il n'était plus question de gémellité, ni de diabète ni d'aucune complication de sa grossesse. Tout se déroulait normalement. Tant de peur pour si peu de mal, et venant de Roxane, cela ne nous surprenait aucunement. Le choix d'un si joli prénom nous a cependant étonnés. Nous nous serions attendus à quelque chose de plus ordinaire compte tenu de la personnalité de ta mère.

« J'ai trouvé ça dans un livre », a-t-elle précisé, elle qui n'avait jamais rien lu.

Tu naissais le 3 octobre 1986, l'un des plus beaux jours de ma vie. Depuis, Adrienne et moi n'avons cessé de souhaiter pour toi tout le bonheur du monde. En ce qui concerne la mort de Christa McAuliffe à bord de la navette *Challenger*, je n'ai pas cherché à comprendre ce qui s'était passé. Je le ferai peut-être un jour. Chose certaine, l'événement a changé à jamais ma façon d'observer le ciel, que ce soit à la télévision ou par la fenêtre de mon dernier train.

Nous n'avions pas bougé d'un iota. J'étais impatient et les secondes me tombaient sur la tête comme le supplice de la goutte d'eau. Je me disais que Marcello allait m'attendre et que nous manquerions de temps pour discuter. Finalement, on nous a transmis un premier message sur les causes possibles de la panne. La qualité des haut-parleurs était exécrable. J'ai cru comprendre qu'un problème était survenu à une centaine de mètres et que nous étions immobilisés pour une période indéterminée.

La nouvelle a apparemment déplu à Geneviève.

« Une période indéterminée ? Pas fort pour un express ! »

J'ai engagé la conversation avec ma voisine en mangeant mes Doritos.

Les employés circulaient dans l'allée sans prêter attention à la clientèle. Quelque chose les inquiétait. Et n'eût été la friture dans les haut-parleurs, j'aurais peut-être décodé les nombreux avis adressés aux passagers.

« Samuel, où allez-vous comme ça ? » m'a demandé Geneviève.

Je lui ai répondu que j'allais faire mes adieux à un ami, près de l'hôpital. Sans plus. Je me sentais trop fragile pour lui en dire davantage. Elle a probablement perçu mon malaise et s'est mise à m'entretenir sur son emploi à la Jiang Oil & Gas, le consortium propriétaire de l'usine pétrochimique de laquelle ta grand-mère prendra bientôt sa retraite.

« Adrienne Johnson. Une grande brune. Vous l'avez peut-être déjà vue.

— Ça ne me dit rien. Vous savez, je viens tout juste d'être embauchée. »

Le train est reparti.

Nous avons parcouru moins de cinquante mètres, puis j'ai entendu une puissante explosion. Je te l'ai dit, ma vie est un film, rien du voyage ne s'est déroulé comme prévu, et cloué à mon siège, j'ai porté la main à ma poitrine. J'ai cru que j'allais mourir.

« Samuel ! »

Les vapeurs de goudron brûlé m'ont pris à la gorge. Je me suis penché pour cracher. Rien n'est sorti, et en me redressant, j'ai aperçu par la fenêtre le sempiternel décor. Rien qui justifiait une telle secousse et encore moins de si fortes odeurs. Il y avait bien sûr les raffineries, mais nous étions déjà trop loin pour en sentir les émanations. J'avais du mal à fixer mon attention. Je toussais sans arrêt et ça me déconcentrait. Puis, il y a eu un incroyable mouvement d'ondulation, comme si les rames se détachaient les unes des autres. J'ai entendu un vacarme épouvantable. Le bruit s'apparentait à des éclats de verre et, en trame de fond, des hurlements et des sirènes d'ambulances. J'ai placé le col de mon chandail sur mon nez pour filtrer l'air. J'étouffais. Je poussais des cris sourds et plus j'essayais de m'en empêcher, plus je râlais, plus ça me rendait fou. Mes mains bougeaient toutes seules comme pour agripper la poignée de ma valise et, si tout cela continuait, mon vieux cœur allait s'arrêter d'épuisement.

Malgré la cacophonie ambiante, j'ai entendu quelqu'un mentionner que le train était si long qu'il était probable que les secouristes ne soient pas visibles à partir d'où nous étions. J'ai alors compris : les odeurs ne provenaient pas de l'extérieur, mais de l'intérieur. C'est à ce moment qu'un nuage opaque s'est formé. La fumée s'est infiltrée dans le wagon de façon fulgurante comme celle d'un feu de forêt qui envahit une ville tout entière. J'ai pensé aux habitants des villages incendiés qui, faisant fi des vents dominants, courent à leur perte en direction du brasier.

Il fallait sortir du train, à cet instant précis. Je me suis levé d'un bond, affolé, sans avoir récupéré ma valise à laquelle je tenais pourtant comme à la prunelle de mes yeux. J'ai prié pour que ma cheville tienne bon, et après avoir fait un premier pas, j'ai dû m'arrêter. Malgré l'instinct de survie, il m'était impossible de choisir la direction vers laquelle je marcherais. On ne voyait plus rien. Je ne distinguais même plus la silhouette de Geneviève, au point de me demander si elle était encore là. Avait-elle été soufflée par la déflagration ? Je me suis alors pris la tête en poussant toujours ces geignements incontrôlables.

Puis, j'ai senti une main caresser doucement mon dos. C'était Geneviève. Comme un ange.

« Qu'est-ce qui se passe, Samuel ? Calmez-vous, pour l'amour ! »

Henrietta, mes affabulations me poursuivront-elles comme ça jusqu'à ma mort ? Toi, tu es jeune ; tu t'en remettras. Moi, dans ma vieille tête, tout est plus laborieux. L'incendie me hante toujours, même cinq années plus tard, et la vraisemblance de mes hallucinations m'empêche de départager le vrai du faux. Puis je reviens à la réalité, las et fourbu, comme si un char d'assaut m'avait renversé.

Dans le train, c'était exactement ça : j'avais revécu ma course sur le sentier longeant le chemin de fer, mon arrivée devant la maison de l'avenue B, l'odeur de goudron, Roxane en pleurs à l'idée qu'il n'y avait eu qu'elle à s'échapper du brasier.

La fumée, les sons d'ambulances, les éclats de verre, tout cela m'avait pourtant semblé plausible, mais à constater le calme que démontraient les passagers, je comprenais que je venais d'être déjoué une énième fois par les souvenirs de l'incendie.

Geneviève est revenue avec deux cafés, des brioches et un plateau de fruits pour une armée.

Sa coiffure était impeccable. Des effluves de bergamote flottaient autour d'elle, à cent lieues des odeurs de goudron que j'avais combattues plus tôt.

J'étais perplexe.

« Ça va vous donner de l'énergie. On croirait que vous allez vous évanouir. Et vous avez entendu l'annonce ? L'arrêt n'a été causé que par une panne d'aiguillage.

— Vous êtes certaine ? Et l'explosion ?

— Samuel, il n'y a pas eu d'explosion. Je vous l'ai dit tout à l'heure. Vous étiez debout à chercher je ne sais quoi. Vous sanglotiez. Vous faisiez des bruits de bouche comme si vous vouliez imiter le cri du cerf.

— J'ai eu l'impression qu'il y avait un incendie dans le train.

— Mangez un peu. »

Par politesse, j'ai laissé Geneviève choisir une pâtisserie.

« C'est tellement sec ! Je vais les apporter à mon fils, lui qui adore le plein air. Il pourra s'en servir comme bois d'allumage. Ne touchez à rien, je vais aller vous chercher autre chose, m'a dit Geneviève.

— C'est pas nécessaire. On entre en gare dans quelques minutes. »

Nous avons poursuivi la conversation jusqu'à ce que j'aperçoive par la fenêtre les chaînes de montagnes qui surplombent l'immense lac dont j'oublie le nom. Le calme et la nature verdoyante de la région présageaient une température plus clémente qu'au départ de Brodec. Notre arrivée était imminente. Si tout se passait bien, je serais bientôt au café Reggio devant un copieux petit-déjeuner, en pleine discussion avec Marcello, et je n'allais pas laisser les quelques points noirs qui défilaient dans mon champ de vision gâcher ma journée.

Henrietta, j'ai toujours écrit mes calepins d'un trait. Pour celui-ci, c'est différent, je dois prendre des pauses. Tout me déconcerte. Je me sens faible. Hier, je visionnais un film de série B lorsque j'ai entendu le commentaire d'un des personnages. « À la longue, on finit tous par ne plus être nécessaires », a-t-il prononcé. Cette phrase m'est restée dans la tête. Je vois bien que je ne fais plus beaucoup de choses dans la maison. Même Roxane donne un coup de main pour épousseter et passer l'aspirateur. Malgré tout l'amour qui nous unit, j'ai bien peur d'être devenu un fardeau pour ta grand-mère.

« Samuel, viens te coucher. T'as besoin de repos*. »

À demain, Henrietta.

---

* Note à Marly : au fil des pages, l'écriture de mon grand-père est de moins en moins lisible, altérée par la faiblesse, les tremblements et l'hésitation. Malheureusement, il m'est impossible de le reproduire sur l'ordinateur.

Dormir avec un masque à oxygène n'est pas de tout repos. Le bruit des fuites d'air me réveille sans arrêt. Je finirai bien par m'habituer.

Aujourd'hui, le temps est plus frais, moins humide. J'ai l'impression d'avoir plus d'énergie. J'en ai profité pour sortir à l'extérieur. J'ai évidemment apporté ma bonbonne et mon calepin. Adrienne et Roxane se sont occupées du parasol, des chaises pliantes et du pichet de thé glacé. Nous sommes maintenant assis au milieu du terre-plein de la Sunnyside Road.

Quelle autre famille aurait l'idée de célébrer une bonne nouvelle en s'installant au milieu d'un boulevard ?

L'endroit n'est pas très confortable, mais j'ai pu à tout le moins m'y rendre facilement. Pour une fois que la canicule nous donne un moment de répit, les Johnson n'allaient pas s'en priver. Je m'attendais à ce que la police nous interpelle ou qu'un automobiliste nous fasse un commentaire désobligeant. La remarque n'est pas venue de la rue, mais d'un peu plus haut.

« Qu'est-ce que vous faites là, monsieur Johnson ? Ça va pas, non ? a crié Mme Stepanski en retenant Sacha, son doberman qui semblait nous confondre avec son bol de moulée.

— Henrietta a obtenu son congé il y a deux semaines. Elle habite maintenant juste à côté de l'hôpital, au Mateo Center…

— C'est pas une raison pour vous faire écraser par un camion ! »

J'ai expliqué à notre voisine que nous venions d'apprendre l'excellente nouvelle de ta sélection dans une classe du Mateo Center – concentration sciences – et que nous fêtions en profitant des fleurs et de la clémence du temps.

« La bonne idée de s'asseoir sur le terre-plein ! Et quand vous allez avoir causé un tête-à-queue avec votre *beach party*, j'imagine que vous allez vous trouver moins comiques. Vous savez, ce qui se promène autour de vous, c'est pas des camions de lait. Et du diesel, ça peut finir par exploser ! »

J'ai indiqué à Mme Stepanski qu'elle était la bienvenue, qu'il y avait du thé glacé pour tout le monde. Bien entendu, elle est demeurée sur son balcon.

Roxane, Adrienne et moi sommes à relaxer sur le terre-plein depuis près d'une heure, en silence, soulagés de savoir que ton hospitalisation est bel et bien derrière toi, derrière nous. Henrietta, jamais je ne pourrai trop te le répéter : la vie peut être si belle.

« Samuel, on s'ennuie. On rentre. Tu viens avec nous ? »

Ce n'est pas l'ennui qui pousse les femmes à retourner dans l'appartement. C'est Oprah Winfrey. Son émission commence dans cinq minutes. Les talk-shows, ce n'est pas mon genre. Tu le sais, je préfère le cinéma. En quelques jours, je me suis tapé plusieurs films de l'après-guerre, dont *Ivanhoe* et *Spellbound*, non pas pour revoir la beauté d'Elizabeth Taylor ou celle d'Ingrid Bergman, mais plutôt pour réentendre la musique de Miklós Rózsa. Il est mort en juillet, à l'âge de quatre-vingt-huit ans. C'est en me remémorant ses airs de violon que je poursuis le récit de mon dernier train, au beau milieu de la Sunnyside Road.

À la sortie du terminal, mon cœur s'est mis à palpiter très fort. Pas un calmant, pas un comprimé de nitro n'aurait pu me tranquilliser. Je doutais même de mes capacités à marcher jusqu'au taxi. Henrietta, une longue ascension du promontoire rocailleux allait commencer et je l'appréhendais, même en voiture, telle une conquête de la haute-ville. Or, je n'avais pas d'autre choix ; c'était là que se trouvaient le café Reggio et l'Hôpital général.

« Elle est là, votre petite-fille ? s'est enquise Geneviève, en pointant un doigt vers l'une des annexes, le Mateo Center.

— Oui. Depuis déjà presque deux semaines. »

Plus tôt, je lui avais expliqué ton histoire et les complications de l'ostéomyélite.

« Lorsque vous serez de retour à Brodec, venez me voir ! Au 34 de la Sunnyside Road, juste au-dessus de la station-service.

— Samuel, vous êtes certain que ça va ? » m'a demandé Geneviève.

Une chose me tracassait. J'avais l'impression de l'avoir déjà rencontrée dans un autre contexte.

L'évidence m'a sauté aux yeux lorsqu'elle s'est faufilée entre les badauds. Ses cheveux blonds volaient au vent. Geneviève était pétillante d'énergie, et j'ai compris qu'en la regardant c'était toi que je contemplais, comme un idéal versant entre le souvenir et l'utopie. Henrietta, cette chevelure abondante, tu l'aurais certainement portée. Bébé, tu étais blonde comme l'or et, après l'incendie, nous avions tant souhaité voir guérir la peau sur ton crâne. Maintes fois les médecins nous l'avaient expliqué : à cause de l'infection, il était illusoire de prévoir une régénération des follicules. Et même s'il n'y avait pas de solution à court terme, nous avions gardé espoir que repoussent en bataille des mèches qui ne se dressaient au fond que dans notre imagination.

Je devais maintenant concentrer mes efforts à marcher jusqu'à l'ascenseur. La porte donnait directement sur la station de taxis.

« Le café Reggio », ai-je indiqué au chauffeur.

Quelqu'un s'est jeté sur la voiture. La personne frappait sur la vitre. Le reflet du soleil m'empêchait de voir qui c'était.

« Avez-vous pensé que j'allais vous laisser prendre le taxi seul ? »

C'était Geneviève qui venait à ma rescousse.

Le chauffeur a emprunté la direction de l'hôpital en conduisant comme un fou pour rattraper une camionnette qui avait eu le malheur de le doubler, selon lui, d'un peu trop près.

« Monsieur, c'est possible de ralentir ? Mon ami ne se sent pas bien. »

Geneviève avait raison. Ça tournait dans ma tête. Et j'ai sorti le calepin de ma veste comme pour m'y accrocher. Il y avait dedans une photo que nous avions reçue du Mateo Center, prise pendant une de tes séances de réadaptation. Au fond de la pièce, un petit garçon grimaçait, comme pour te faire rire.

Je pense que j'ai entendu un crissement de pneus, comme le son d'un hautbois ou d'une clarinette. Nous étions arrivés au café Reggio. Geneviève a saisi son téléphone. C'est là que les douleurs au bras gauche ont commencé.

« J'appelle l'ambulance.

— Non, attendez. L'hôpital est à côté. Je vais manger un peu. Ça ira mieux après. »

Lorsque j'ai fermé la portière, les points noirs se sont multipliés dans mon champ de vision et une musique s'est mise à déferler dans mes oreilles. Je n'ai pas remarqué que ma valise était demeurée sur la banquette. Le chauffeur s'agitait, probablement pour me le signifier. Ses mains sont sorties du véhicule. Puis son corps au grand complet. Les vitres ont éclaté vers le ciel en mille morceaux, ne laissant aucune trace sur le sol. J'ai vu la voiture exploser comme au ralenti jusqu'à ce qu'il ne reste plus devant moi que des miettes de carrosserie flottant en apesanteur. J'aurais voulu le dire à Geneviève. Mais je n'y parvenais pas. J'entendais même des coups d'archet. Des violons égarés ? Ma foi, j'étais fou. J'ai enfin réalisé ce qu'éprouvent les personnes atteintes d'Alzheimer ou d'une quelconque maladie de vieux. Pour le reste, je ne me souviens pas si mes douleurs se sont estompées, mais il est clair dans mon esprit que ma canne ne me donnait plus le support nécessaire pour garder l'équilibre.

« Samuel, tenez mon bras. On va rejoindre votre ami. »

Il fallait monter quelques marches pour se rendre à l'entrée du café. Je me suis écroulé en franchissant la dernière. Je n'ai rien pu faire pour éviter la chute. Mes genoux ont cédé à moins d'un mètre de la verrière et mon corps est parti dans la mauvaise direction. Je me suis dit que ma tête se fracasserait sur le fer forgé, mais c'est plutôt sur la vitre que j'ai terminé ma course, en déployant la grâce d'un béluga qui s'échoue sur une plage.

« Samuel, ça va ?

– Non. »

L'ambulance est arrivée. C'est curieux : tout juste avant de perdre connaissance, j'ai entendu le sifflement d'un train, puis il y a eu un grand vide jusqu'à ce que j'aperçoive l'hôpital et le Mateo Center. Henrietta, j'ai ressenti une autre attaque d'imagination : les étages se décrochaient de la falaise, comme dans un éboulement. Mes larmes déformaient probablement la réalité. J'ai demandé à ce qu'on me donne mon calepin. Il se trouvait dans la poche de ma veste. L'ambulancier a refusé.

« Un peu d'humanité », a dit Geneviève en me le tendant.

J'ai tourné délicatement les pages, pas pour écrire, mais pour trouver la photo de toi au Mateo Center. La personne qui l'avait prise avait du talent. Le teint rougeâtre de ta peau était atténué. Tes cicatrices, plutôt discrètes. Je constatais à quel point, après toutes ces années, rien de tes yeux n'avait changé : leur couleur bleu acier, mais aussi cette vivacité que personne n'avait jamais pu nier, et ce, malgré les ravages de l'incendie.

J'ai laissé tomber mon calepin par terre tout en conservant la photo dans ma main. Les élancements au bras gauche ont repris de plus belle. Pour m'apaiser, j'ai pensé à tout ce qui pouvait me rendre heureux, à Adrienne, à ses chansons de John Lennon, à notre appartement de la Sunnyside Road, à ma vie à Brodec. Après quoi j'ai fermé les yeux et j'ai tenu fermement la photo, cette fois-ci en la visualisant dans mon esprit comme une obsession, comme une fuite désespérée dans l'inaltérable beauté de tes yeux.

Le ciel se couvre au-dessus de la Sunnyside Road.

« Samuel, rentre, la noirceur arrive », me dit Adrienne en ramassant les chaises pliantes et le pichet de thé glacé.

Lorsque je regarde le décor de Brodec, j'ai l'impression que tout est figé, immuable. Les rafales balaient du vide sur la chaussée. Depuis tout à l'heure, Mme Stepanski n'a pas bougé d'un millimètre. Sacha non plus. Les plants de fleurs et les tilleuls s'enracinent.

Et moi, demain, y serai-je encore ?

Henrietta, je ne t'ai pas écrit depuis plusieurs jours. Ma situation se complique. Il est une heure du matin. Je suis à la clinique de Brodec avec Adrienne et Roxane. Nous attendons depuis près de trois heures. Il y a quelque chose qui ne marche pas avec ma bonbonne d'oxygène. L'infirmière m'a juré qu'elle fonctionne bien. Le médecin préfère m'examiner. Ici, tu sais comment ça se déroule : on nous fait remplir un questionnaire, on prend notre température, notre pression et on nous renvoie dans la salle d'attente. Sans vouloir faire de mauvais jeu de mots, je te dirais que mes heures sont comptées. Dieu merci, j'ai apporté mon calepin.

Le temps me manque pour te raconter tout ce qui m'est cher. Allons à l'essentiel. Le 10 août dernier, alors que l'ambulance arrivait à l'Hôpital général, j'ai levé la tête et j'ai aperçu le passage couvert qui relie le café Reggio à l'entrée des urgences. J'ai pensé à ce que m'avait dit Roxane à cet endroit précis, un an plus tôt.

« Arrête tes histoires de calepins. T'as l'air d'écrire à une *fucking* morte. »

J'avais répondu à ta mère de se présenter chez son psychiatre plutôt que de m'offrir de prétendus conseils sur ma conduite. Ce n'était pas dans mes habitudes de lui parler comme ça. Je l'avais blessée. Je ne lui pardonnais pas de juger ton état si sévèrement.

Comment pouvait-elle vraiment le connaître ?

À cause de sa supposée phobie du train, Roxane avait toujours refusé de se rendre à l'hôpital, sauf ce jour-là, celui où elle m'avait fait sa remarque désobligeante. Elle avait exceptionnellement fait le chemin en voiture accompagnée d'un ami américain que nous n'avions jamais vu.

Un garçon débraillé, tête rasée, regard perçant. J'ai souvent cherché à en savoir davantage sur lui, sans succès.

En entrant dans ta chambre – pour la première fois depuis ton hospitalisation –, Roxane avait piqué une crise d'hystérie. L'infirmière nous avait demandé de sortir, d'aller prendre un peu d'air. Adrienne et moi avions attendu dans le corridor, et Roxane, à l'extérieur, sous le passage couvert, en fumant avec son ami américain.

Si la remarque de ta mère m'avait troublé à ce point, c'est peut-être parce qu'elle comportait une dose de vérité. Henrietta, quelque chose en toi avait-il cessé de vivre ? Durant tous ces mois, entre la vie et la mort, que s'était-il passé dans ta tête ?

En réaction aux commentaires de Roxane, j'ai souvent essayé de mettre fin à la rédaction de mes calepins. Mots croisés, sudoku, jeux de patience, tout ça m'ennuyait terriblement et chaque fois, j'ai recommencé à écrire de plus belle. Comme une échappatoire.

Geneviève me souriait pendant que je pointais l'index en direction du passage couvert. J'avais l'impression de reprendre des forces. Les ambulanciers m'avaient probablement donné un comprimé de nitro. Je suis entré aux urgences en insistant pour le faire sur mes deux jambes. C'est un infirmier qui m'a accueilli. Un colosse. Je lui ai mentionné que tout allait bien, que j'avais eu envie de faire un tour d'ambulance. Mon humour est resté sans écho aux oreilles de cet homme presque gorille. Il m'a étendu sur une civière. J'avais faim. Un patient vomissait dans une cabine voisine. J'ai demandé à Geneviève d'appeler Marcello pour qu'il vienne me sortir de là. Et pendant qu'elle était partie téléphoner, j'ai écouté les histoires de tout un chacun, le visage à deux centimètres du rideau. Un accident de la route. Une toux grasse. Du sang dans les selles. Un ouvrier inconscient. Une toxicomane en crise. Et des vieux, Henrietta, des tas de vieux, à en déprimer pour le reste de mes jours.

« Samuel Johnson, cabine C. »
C'est l'infirmière de la clinique de Brodec qui vient de m'appeler. Une belle grande brune comme ta grand-mère ; ça me change du gorille d'il y a deux semaines. Adrienne et Roxane semblent inquiètes.

Nous entrons dans un petit bureau. C'est beige et gris. On dirait un tombeau.

« Pardon ? Je ne vous comprends pas. Articulez un peu plus, monsieur Johnson. Vous dites que vous entendez des bruits ?

– Oui, oui. C'est ça. Comme des sifflements, des petites explosions.

– Monsieur Johnson, vous semblez distrait. Ça vous embêterait de fermer votre calepin et de déposer votre crayon[*] ? »

---

[*]   Note à Marly : mon grand-père n'a jamais repris son calepin après son passage à la clinique de Brodec. Pour ce qui est de la journée du 10 août 1995, après six heures aux urgences de l'Hôpital général, Samuel a demandé à Marcello de le sortir de là. Son ami l'a raccompagné en voiture jusqu'à Brodec. Les deux hommes se sont vus régulièrement durant les mois suivants. Mon grand-père est mort le 12 novembre 1995, entouré d'Adrienne et de Marcello. Ma mère n'était pas là. Elle était partie au Z Mart.

J'aimerais que Samuel soit encore vivant, devant moi, ici dans la cour. Je lui ferais visiter mon quartier. Nous prendrions le petit-déjeuner au café du marché Maisonneuve. Les croissants seraient les meilleurs qu'il aurait jamais mangés. Nous serions bien, lui et moi, comme avant. Il me raconterait ses années passées à Brodec, sa vie à Montréal, et moi, je lui parlerais des élèves de ma classe de cinquième année et de ma présentation au club d'astronomie. Puis nous irions chercher Adrienne sur la rue Barré. Nous partirions dans mon RAV-4 pour la Nouvelle-Angleterre, jusqu'à la ville de Framingham dans le Massachusetts, là où Christa McAuliffe a fait ses études. Nous déambulerions dans les rues principales, dans Waverly, Union, puis State Street où se situent le planétarium ainsi que le Christa McAuliffe Center. L'océan se trouve à quelques kilomètres de là. Ce serait une belle occasion d'aller sur la plage en compagnie de mes grands-parents. Pour Samuel, ce serait laborieux d'avancer dans le sable. Mais il y parviendrait. Comme les tortues marines qui marchent vers la mer après leur dernière ponte. Marly, ce serait le bonheur total. Des goélands piailleraient sur les dunes. Nous prendrions des bouffées d'air salin, heureux et libres. Il n'y aurait que nous trois sur des kilomètres de littoral. Je me sentirais si sereine que je retirerais ma perruque, sans gêne. Depuis quelques années, la peau de mon visage jouit d'une sensibilité presque normale et, sur la plage, la douceur du vent serait si agréable que je courrais vers la mer en criant de joie comme une enfant.

« Pour l'instant, je préfère ne pas revenir sur le passé », ai-je menti à Adrienne lorsqu'elle m'a suggéré d'écrire comme l'a fait Samuel.

Dans les minutes qui ont suivi, j'inspectais les tiroirs de sa commode pour dénicher le fameux calepin dont je venais d'apprendre l'existence. Nos psychologues m'auraient dit de le lire en présence d'une personne de confiance. Le nom d'Adrienne m'aurait certainement été proposé. Marly, mon passé me bouleverse, et ce n'est surtout pas maintenant que je m'ouvrirai à quelqu'un, quand bien même ce serait ma grand-mère. Avec toi, c'est différent. Tu connais mon jardin secret. Tu sais qu'il est endormi comme un volcan et qu'il est hors de question que je crée une brèche dans ces coulées de lave à peine refroidies.

Ma voisine somnole toujours dans la même position. J'ai pensé qu'elle devait être transie et je suis allée lui chercher une couverture dans l'appartement. Je l'emmaillote comme je peux. Son corps est raide. Je la secoue. Je n'obtiens aucune réaction de sa part et, lorsque j'appuie sur sa cage thoracique, la pression provoque comme un son inarticulé.

Devrais-je m'inquiéter ? J'ai déjà lu que la rigidité cadavérique n'apparaît que trois heures après la mort.

C'est au moment où je m'apprête à monter l'escalier pour aviser sa colocataire de la situation que ma voisine finit par ouvrir les yeux et balbutier quelques mots.

« Tu t'en vas ?

— J'allais frapper chez toi. Je me demandais si tu étais morte.

— T'es drôle, toi ! Et mon amie est pas dans un état pour te répondre. On s'est chicanées. Reviens ici. J'aime ça être avec toi. Mon nom, c'est Anne-C.

— Quoi ? Annecy, comme en France ?

— Non, Anne-C. C comme la lettre.

— OK. Comme dans Anne-Christine.

— Non ! Comme dans C point. C toute. Rien d'autre, christ ! Tiens, C comme dans ma cocotte, ma chatonne, ma chérie... »

Ma voisine est soûle. Elle n'en finit plus de me répéter son prénom ainsi que les surnoms affectueux commençant par la lettre C.

« Ça va. J'ai compris. Moi, c'est Henrietta.

— C'est la première fois que je te vois de si près. C'est spécial, tes cheveux.

— Tu trouves ?

— Je suis coiffeuse. Je pourrais te conseiller, si tu veux. J'ai mon salon à moi : Beauté Divine, sur Hochelaga, juste à côté d'ici. »

Anne-C se fait de plus en plus insistante. Elle m'explique qu'elle n'est pas revenue dans la cour uniquement à cause d'une querelle avec sa copine. Elle cherche une broche : une petite libellule décorée de pierres rouges. Les yeux ronds comme des billes, elle me décrit le bijou, les particularités de l'insecte, le corps, les ailes, et elle gesticule tellement qu'elle effraie le chat du guitariste, qui s'enfuit vers l'escalier.

Anne-C approche ses mains de ma tête.

« C'est une perruque ou tes cheveux ? »

Ma voisine veut tout savoir sur ma coiffure, sur mes passe-temps, si je suis célibataire, ce que je fais comme travail. Je lui explique que je suis enseignante dans une école primaire et bénévole pour un club d'astronomie. Pendant que j'aborde avec elle certains éléments de ma présentation sur Christa McAuliffe : les sciences, l'univers, la famille, l'amitié – parce qu'il sera aussi question de ces sujets-là –, les paupières de ma voisine s'alourdissent. Je vois bien que ça ne l'enthousiasme pas : elle s'attarde plutôt sur le calepin comme si elle s'apprêtait à le lire.

« C'est toi, sur la photo ? » me demande-t-elle.

Anne-C a trouvé la photo prise au Mateo Center alors que je venais tout juste d'y être admise. Derrière moi, on aperçoit Trevor qui me fait des grimaces.

J'invente n'importe quoi.

« Non, ce n'est pas moi. C'est ma sœur jumelle. Elle est morte depuis longtemps.

— C'est triste.

— On peut parler d'autre chose ? Et redonne-moi le calepin. J'en ai besoin pour ma présentation, dis-je sans faire allusion au récit de Samuel.

— Excuse-moi, ma belle, j'ai trop fêté. J'ai un drôle de *buzz*. »

Anne-C sourit. Elle refuse de me rendre le calepin, comme pour jouer.

« C'est quoi ça, sur la couverture : *Le dernier train ?* »

Voilà que ma voisine ferme les yeux. Elle s'endort, recroquevillée sur le calepin. Je n'essaie pas de le lui enlever des mains. Je continuerai ma retranscription plus tard. Je replonge plutôt dans mes souvenirs de Brodec comme on s'immerge dans une eau froide à glacer le sang.

Mon réveil est brutal. Je suis prise en étau par des membres inconnus. Un bras velu touche mon épaule. Un genou s'appuie sur moi par intermittence. L'air est vicié. J'étouffe. Dans la chambre où je me trouve, la porte est close, sans autre ouverture ni fenêtre sur laquelle dessiner mes étoiles. Ici, dans cette pièce étroite du 34 de la Sunnyside Road, il n'y a qu'un lit, une table de chevet, une veilleuse allumée et une commode dont les tiroirs ne sont remplis que de sucre et de lassitude, pour ce que j'en sais. Marly, les adultes à côté de moi ne dorment pas, ne rêvent pas, et ne bougent que leurs gros derrières comme des nageurs hystériques qui échoueraient au moindre test antidopage.

Remugles de sexe. Sudations moites. Amours intoxiquées. Misères humaines. Je m'ennuie de mes étoiles.

Tremblement de terre.

Le matelas remue. Ça vibre. Ça craque. Cinq à l'échelle de Richter. J'ai mal. Les ressorts exercent une pression dans mon dos et les gens sur le lit semblent s'en plaindre autant que moi, du moins, selon mon interprétation de leurs gémissements.

Après un certain temps, je reconnais la voix de Roxane. Ce n'est pas la première fois qu'elle baise à côté de moi et, dans mon cœur de fillette, je ne comprends toujours rien à ce qui se passe.

La sonnerie du téléphone retentit.

Personne ne répond. Un appel en pleine nuit est le dernier des soucis de mes voisins de matelas. Leurs ébats se poursuivent. La pression des ressorts s'accentue. Les montagnes russes impromptues se prolongent au-delà de ma tolérance et ma tête monte et descend. J'ai l'impression que tout claque, que tout éclate. Marly, les lobes de mon cerveau finiront-ils par exploser? Tu le sais, chez moi, il y a de ces réactions physiques bizarres. Au Mateo Center, tu occupais les premières loges lorsque les médecins m'administraient de la kétamine, un dérivé de la morphine. Cela provoquait de spectaculaires contractions spasmodiques partout sur mon corps. Tu les as vus maintes fois, ces mouvements désordonnés semblables à ceux d'un poulpe en détresse. Dans la chambre de Roxane, je bouge malgré moi pour d'autres raisons, et les secousses réitérées de mes membres me rappellent de bien mauvaises expériences. D'aussi loin que je me souvienne, les jours de convulsions m'ont toujours terrifiée.

Une grande proportion d'enfants maltraités sont brûlés de façon intentionnelle. Ce sera le cas de notre ami Trevor lorsque son père lui infligera ses blessures. Marly, comptons-nous chanceuses de ne pas avoir été victimes de sévices. Malgré le comportement irresponsable de ma mère, jamais elle ne me ferait subir un tel sort.

Le téléphone n'arrête pas de sonner.

« Allo, répond Roxane, la bouche pâteuse. Excuse-moi, j'ai un fou rire. Oui, je te jure, Henrietta dort dans sa chambre ! Tu penses qu'elle est morte ou quoi ? »

Je n'ai pas les idées claires. Je finis par déduire que c'est Adrienne au bout du fil qui tente d'extirper autre chose que des mensonges de Roxane. Puis j'entends un vacarme, comme si l'on avait lancé le téléphone sur la moquette.

« Bon. La table de chevet qui fout le camp. *What else !* maugrée Roxane, qui a mis fin abruptement à la conversation avec Adrienne.

— T'as des nouvelles de ton père ? dit la voix masculine.

— Ils vont l'opérer. Il s'est cassé la cheville. Ça prend un plâtre. Tout ça pour une chute sur le bord de la voie ferrée. C'est ridicule. Je lui avais dit de rester à la maison et de regarder ses films. Et en plus, faut que je m'occupe de la petite.

— Pour longtemps ?

— Jusqu'à demain, je suppose. »

J'entends un essoufflement, comme un long moment d'extase. La veilleuse s'éteint. La nuit m'engloutit et, sans étoiles, je suis orpheline.

Marly, la chambre de Roxane est un trou. Un trou noir immense.

Roxane expulse ses premiers ronflements, Bruce la seconde, comme si les adultes me chantaient en canon *Au clair de la lune*, version *trash,* sans paroles et sans harmonie.

Asynchrone, le canon se dérègle.

Pétarades. Coup de tonnerre. Un orage éclate. Il pleut sur Brodec, et ce n'est pas le déluge qui m'effraie, mais plutôt ce qui s'échappe de la bouche de Roxane, non pas des mensonges ou des cris de jouissance, mais des insectes sans odeur, sans ailes et sans antennes. Des araignées, Marly, poilues, engluées de salive et agressives. Elles envahissent le lit par dizaines comme un assaut de mygales. Les araignées sont plus fortes que les adultes. Elles les attaquent cruellement et les momifient.

Les ronflements cessent. L'orage se calme. Et au-dessus de moi, des toiles ont été tissées. Les araignées pondent maintenant leurs œufs par milliers. Marly, ça brille sur les petits fils comme des perles, comme des étoiles d'araignées. C'est peut-être joli, mais il ne faut pas s'y fier. Ce sont des pièges. Des simulacres d'étoiles. Des étoiles filantes d'un mirage en plein désert.

Mon cauchemar en filigrane, je peine à respirer. J'aimerais m'endormir. Rêver de belles choses. Je n'y parviens pas. Marly, j'ai très mal à la mâchoire, comme si un clou y entrait à la base de l'oreille. La douleur atteint mes gencives, et sur mes lèvres coule une substance glaireuse. J'en ai plein la bouche. J'ai l'impression de me noyer. Le poulpe que je suis agite ses tentacules. Détresse. Contractions spasmodiques. Et le clou s'enfonce.

Je convulse.

La chambre a maintenant des allures de plage déserte après la tempête. Les bambocheurs de matelas se sont volatilisés. Les araignées aussi. Sur la moquette vert olive, il y a des taches foncées, comme du sang, peut-être le mien, et juste à côté sont entassés des bouteilles de bière, des vêtements élimés et un sac à ordures noué solidement comme si l'on avait souhaité éloigner de moi les débris d'une épave échouée pendant la nuit.

Les lits d'adultes sont des milieux hostiles aux enfants et réduisent les animaux de peluche à des espèces en voie de disparition. Sans ma tortue Tordue ni mon lapin Peanut, je m'amuse avec des broutilles qui me tombent sous la main. Assiettes de carton. Essuie-mains brunâtres. Orbes de sauce au bœuf. Morceaux d'oignons frits. Tout ça placé sur mon visage, on dirait un masque et ça me fait rire.

L'odeur d'aliments périmés devient vite insupportable. Depuis ma dernière chirurgie, j'ai le nez fin, et je sens maintenant un relent de putréfaction, comme un sandwich aux œufs abandonné depuis des jours, fois cent, dans un état tel qu'entre les tranches des vers se tortilleraient. Ça me rappelle les fils des Stepanski, les apôtres du Malheur. Ils possèdent une quantité innombrable de vers de terre, des spécimens tout aussi horribles les uns que les autres et à l'image de leurs propriétaires : sans colonne vertébrale.

« Tu veux goûter à notre plus gros ? » m'ont-ils dit dans la cour d'école, la veille, en brandissant le plus dégoulinant des lombrics.

Je jouais avec mon ballon. Les Stepanski me bousculaient et me faisaient peur. Marly, je n'ai pas réfléchi. J'ai ouvert grand la bouche, sorti la langue et me suis mise à crier en soulevant mes paupières comme des pelures d'oranges renversées. Mes yeux n'affichaient que du blanc. Lorsque je me suis tue et que j'ai repris mon apparence habituelle, mes tortionnaires s'étaient sauvés. J'avais gagné, pour une fois, grâce à un peu de créativité et à une imitation de monstre très réussie.

Soulagée, j'ai pris de grandes respirations. Puis j'ai entendu une explosion. Cette fois, ça venait d'en haut. J'ai levé la tête. C'était mon ballon, que j'avais lâché pendant l'altercation avec les Stepanski. Et là, il venait de disparaître dans le firmament tel un complot du Malheur ourdi contre moi.

Marly, mon ballon avait explosé. J'ai pensé que le ciel me l'avait interdit.

Je me lève difficilement du lit. C'est comme si j'avais une brique sous le crâne, mais seulement d'un côté, près de la mâchoire.

Sur la table de chevet, il y a un flacon de pilules roses. D'autres images refont surface.

« Henrietta, arrête de pleurer et avale ça. Ça va t'aider. Moi, ça me calme quand je suis triste », m'a dit Roxane lorsqu'elle est venue me retrouver dans ma chambre, la veille, quelque temps après l'attente dans le stationnement de chez Benny's Donuts.

Marly, tu te souviens ? Un homme m'avait demandé d'ouvrir la portière. Il voulait conduire son *pick-up*. La vitre était couverte de buée. Je n'avais pas reconnu Bruce – le propriétaire du garage au-dessus duquel nous habitons – et j'avais encore moins aperçu Roxane qui s'énervait derrière lui.

De retour à la maison, nous avons pris un semblant de repas. Quelque chose avec des oignons frits et du bœuf, que ça, sans verre de lait, sans accompagnement, sans donuts ni biscuits de ma grand-mère.

Pour le reste, j'ai perdu l'essentiel de ce qui s'est passé durant la soirée. À un certain moment, Bruce est venu me rejoindre dans ma chambre pour me remettre le porte-bonheur et ma tortue Tordue oubliés dans son *pick-up*. J'étais inconsolable.

« On va pas la laisser toute seule sur son petit lit », a-t-il lancé.

Roxane m'a suppliée d'arrêter de pleurer. Ça tirait dans ma bouche et j'essayais de le lui dire. Je ne savais pas que c'était l'infection. Je ne désirais qu'une chose : que la douleur cesse. C'est tout. Roxane m'ignorait totalement. Elle voulait que je me calme et m'a fait avaler un des comprimés roses sans réfléchir aux conséquences. L'effet a été instantané. Bruce m'a portée à l'étage comme s'il tenait une poupée de chiffon. Je délirais. Roxane s'est inquiétée.

« *Fuck*, ma chouette, m'a-t-elle dit. Ouvre tes yeux. Je t'ai juste donné un somnifère. Je suis certaine. »

Je n'ai plus aucun autre souvenir jusqu'à mon réveil en pleine nuit, tout juste avant l'appel d'Adrienne et l'invasion d'araignées.

Entre huit et dix ans, toi et moi, nous partagions la même chambre au Mateo Center. Beaucoup plus accueillante que celle de Roxane. Des fenêtres panoramiques. Une vue splendide sur les montagnes. Nous y faisions tout ensemble. Dormir, s'habiller, étudier, rire et pleurer. Marly, je te considérais comme une sœur cosmique, jumelle, presque siamoise.

Au fil du temps, le Mateo Center est devenu notre seconde maison. Après chacune de nos greffes de peau, chacune des chirurgies de reconstruction, nous y sommes retournées avec le plus grand bonheur. Il nous a ainsi été possible de poursuivre notre cheminement scolaire tout en recevant les soins de nos thérapeutes. C'est aussi au Mateo Center que nous avons découvert notre amour pour les garçons. Tu te souviens lorsque Martin et Trevor nous avaient lancé le défi concernant nos résultats scolaires ? Il fallait obtenir un score supérieur à notre pourcentage de surface corporelle brûlée. La proposition était tout à fait inéquitable. Trevor avait été atteint à 70 %. Moi, à 90 %.

Le plus merveilleux, c'est que je suis arrivée à dépasser l'objectif. J'ai décroché une moyenne générale de 92, alors que Trevor échouait à son propre jeu. L'orgueil blessé, il m'a tout de même gentiment complimentée. J'ai pensé que tu serais jalouse de le voir me démontrer autant de délicatesse. Marly, j'aurais aimé que tu me félicites toi aussi. Tu ne l'as pas fait. Je sais, c'est normal puisque tu étais déjà disparue.

Durant la remise des diplômes, je t'ai quand même adressé mes remerciements comme un secret dans ma tête. Après tout, c'était également grâce à toi et à tes encouragements que j'avais si bien réussi mes examens finaux. Adrienne était dans la salle. Elle avait effectué les deux heures de train pour venir m'applaudir. Belle comme toujours, elle portait une robe et des souliers noirs comme si elle avait été attristée par quelque chose. Je n'ai prêté attention à ce détail que des années plus tard, n'étant alors pas au fait de ce qui s'était passé dans le métro de Montréal.

En août, je quittais le Mateo Center au bras de ma grand-mère. Marly, ma longue réadaptation se terminait sans toi.

Soyons honnêtes : l'école n'a jamais été ta plus grande motivation. Je comprends maintenant que c'est peut-être parce que tu te doutais déjà que ton avenir se préparait hors de notre monde. Je me souviendrai toujours de ton comportement durant les laboratoires d'astronomie. À l'évidence, la beauté du ciel ne t'intéressait pas. C'était plutôt celle des garçons qui t'attirait. Dans la classe, je te voyais lorgner du côté de Trevor et de Martin. J'enviais ton magnétisme. Tu me captivais. J'en étais distraite au point de ne plus écouter la leçon de notre professeur, M. Clavet. Pour rien au monde je n'aurais voulu être réprimandée. J'étais en admiration devant tout ce qu'il nous apprenait, devant sa façon de nous parler et de nous faire aimer les sciences. Marly, le charisme de cet homme a largement contribué à ma décision de devenir moi-même enseignante. Je retiens encore aujourd'hui plusieurs éléments de ce qu'il nous a transmis, notamment la célèbre théorie d'Isaac Newton sur la gravitation universelle.

Un jour, M. Clavet a dessiné au tableau une pomme, un arbre et la Lune. Puis il a écrit cette phrase :

> *Puisque la pomme tombe de l'arbre, pourquoi la Lune ne tombe-t-elle pas ?*

La question était difficile. Personne n'a pu amorcer ne serait-ce qu'une ébauche de réponse.

Les enseignants ne sont pas infaillibles, même M. Clavet. Marly, quelques semaines plus tard, ce n'est pas seulement la Lune qui est tombée du ciel, mais un univers au grand complet, le tien. Tu n'étais plus là. M. Clavet nous avait bernés. J'ai beaucoup réfléchi après la remise des diplômes. J'ai repensé à la pomme de Newton, à la gravité, à la vie et à la beauté, en commençant par la tienne, qui était maintenant devenue céleste.

Avant de te ramener dans la Sunnyside Road, je dois te parler de *Principia,* d'Isaac Newton. J'en ai relu des extraits en préparant mon exposé sur Christa McAuliffe. Publié en 1687, cet ouvrage a provoqué l'une des plus importantes révolu-
tions scientifiques de l'histoire et, quant à moi, il demeure un incontournable afin de familia-riser les enfants avec les sciences. À six ans, j'aurais bien aimé connaître ces notions, mais les adultes ne m'ont initiée à l'astronomie qu'à partir des analogies de l'*Encyclopédie,* rien de très élaboré.

Dans la chambre de Roxane, je tire sur un pre-mier tiroir de la commode. La gravité s'en mêle. La chute des objets est spectaculaire. Il pleut des soutiens-gorge, des peignoirs transparents et des bouts de dentelle en si grand nombre que je m'imagine que Roxane en tient une bou-tique. Puis j'attrape la poignée du second tiroir. Cette fois, ce ne sont pas des vêtements qui sont entraînés vers le bas, mais des pendentifs, des boucles d'oreilles, des breloques comme des porte-bonheur, et surtout, des sachets de poudre blanche que j'associe naïvement à du sucre à café. Comme toi, j'aime le sucre et les friandises. Marly, il y en a tout plein ; j'ai décroché le gros lot.

Le plafonnier s'allume.

« Touche pas à ça, mon petit singe », me dit Roxane adossée au chambranle de la porte, complètement nue.

Je suis peut-être exclue de l'école Saint-James, mais voici que j'ai droit à un cours accéléré de biologie. Je vois les jambes de ma mère, son nombril tatoué, son sexe poilu et ses seins immenses entre lesquels les doigts virils de Bruce s'infiltrent comme des asticots dans un morceau de viande.

Les adultes s'en vont.

Marly, si tu étais avec moi, c'est ta main que je tiendrais fermement. Tu m'accompagnerais de la chambre jusqu'au bureau de Samuel. Mais tu n'es pas là. Je fais donc comme je peux et, le corps bringuebalant, je traverse le corridor, ouvre la porte, enjambe péniblement la surface de travail et grimpe jusqu'au cadre de la fenêtre. Je cherche mes étoiles, même en plein jour. Deux étages plus bas, Roxane et Bruce s'embrassent, appuyés sur le *pick-up*. Exercice de diction : « Deux sangsues suspectes s'enlacent sans scrupule. »

L'exercice me déplaît.

La vie est ainsi faite. Je tomberais sur la chaussée, et celle qui doit me servir de mère ne s'en soucierait aucunement, comme si chez elle le danger n'existait pas.

« Viens manger, *sweetie* ! Je m'en vais dans la cuisine ! » me crie-t-elle.

L'entrepôt Maynard, les camions-citernes, le carré de pelouse que j'arrose matin et soir ; à partir d'ici, tout est petit, même les grandes personnes. Hélas, je ne mesure pas le risque d'être perchée au-dessus de la Sunnyside Road. Je ne pense qu'à mes étoiles et aux promesses de la veille, celles du professeur de l'école Saint-James.

« On ira dans la salle des sciences. On fera tout plein d'expériences », m'a-t-il dit.

Le temps est venu de réaliser ma propre révolution scientifique. Je me répète que rien ne peut m'entraîner vers le bas et encore moins vers le carré de pelouse. J'imite l'oie sauvage. J'enlève ma main du cadre de la fenêtre. Sans ailes, mon corps bascule. Je tombe. Tout va trop vite. Ce n'est pas ma courte vie qui se déroule sous mes yeux, mais une surface verte qui grossit à vue d'œil. Quelque chose en bois jaillit de nulle part. Ma tête explose. Et j'atterris, affalée sur la moquette vert olive, tout près du bureau de Samuel.

J'éclate en sanglots.

« *Fuck*, Henrietta, t'es folle ou quoi ? Qu'est-ce que Bruce va penser ? » hurle Roxane, au bord de la crise de nerfs.

Dans un rare élan maternel, c'est elle qui m'a tirée vers le bon côté de la fenêtre comme une chatte prend ses petits par le cou.

« Je t'ai dit de venir déjeuner ! » répète-t-elle comme un laïus.

La main de Roxane n'arrive plus à me lâcher. S'enchaînent comme un feu roulant le corridor, les marches de l'escalier, le vaisselier, les pots de marguerites, et mon voyage se termine sur une chaise, devant un bol de Froot Loops et des tubes de baume et d'onguent.

Après avoir nettoyé et asséché ma peau, Roxane m'enduit le visage de crème hydratante, sans conviction, comme s'il ne s'agissait que de poudre aux yeux.

La pression de ses doigts me fait sursauter.

« Arrête de bouger ! C'est pas facile de tout couvrir, ma chouette. »

Mes joues sont une superposition de bandes ligamenteuses. Lorsqu'on s'y acharne, lorsqu'on tente de leur rendre un minimum de tendreté, ça tire de partout. Roxane fait certainement tout son possible pour me faciliter la vie. Elle me dit que j'ai de beaux yeux bleus, que je suis jolie. Elle est si gentille avec moi que je m'étonne de ce changement de personnalité.

Décidément, Marly, il y a des choses qui m'échappent.

Je garde peu de souvenirs de Roxane. Certains d'entre eux, je les ai pleurés des années plus tard au Mateo Center, sans comprendre pourquoi, la nuit, terrée dans mon lit contre le mur froid. Les yeux braqués sur le plafond, je revoyais le corps de ma mère, les invasions d'araignées, et je respirais comme un cauchemar les odeurs de la Sunnyside Road. Marly, j'essayais d'y voir clair dans l'attitude de Roxane en me posant toujours la même question : qu'avais-je fait de si terrible ? J'étais convaincue d'être fautive. Il n'y avait surtout pas de logique dans ma façon d'analyser la situation : c'était parce que j'étais laide que Roxane n'était jamais venue me visiter au Mateo Center. Tu sais, Marly, le cerveau, il faut en prendre soin, sinon ça peut se dérégler. Pour se protéger, on s'invente un monde, des étoiles, tout un univers, et à vouloir porter le ciel sur ses épaules, on s'inquiète démesurément et ça finit par faire mal.

Mais tout ça, c'était la nuit.

Le matin, toi et moi, nous nous assoyions ensemble sur le lit. Nous regardions les chaînes de montagnes, le lever du soleil et la beauté du jour, de tout petits plaisirs qui occultaient ma tristesse. Je ne te l'ai jamais dit : mon bonheur, c'était toi, et ne serait-ce que pour ça, je te garderai dans mon imaginaire jusqu'à mon dernier jour.

Mes journées au Mateo Center se déroulaient dans une bien meilleure atmosphère que mes nuits. Les raisons de se réjouir s'additionnaient les unes aux autres. Nous retrouvions nos amis, Trevor, Martin, et tous ces camarades dont le corps ou le visage avaient été sévèrement brûlés. Nos blessures, nous ne les voyions plus. Nous étions ravis d'être ensemble, entourés d'intervenants attentionnés et grâce auxquels il nous était possible de nous reconstruire et d'apprendre sans ambages.

Là-bas, nos esprits s'affirmaient. Notre liberté aussi.

L'un des moments les plus marquants de mon enfance est assurément celui durant lequel tu t'es effacée de ma vie.

Nous étions en juin 1997. Il ne restait que quelques semaines avant la fin de l'année scolaire au Mateo Center. Ce matin-là, nous nous sommes rendues en classe comme à l'accoutumée. Je te tenais la main. Tu étais anormalement réservée. Ta voix se brisait. Je ne m'expliquais pas ce qui se passait chez toi. J'avais peur que tu m'abandonnes, comme si tu allais te liquéfier sur place.

Au début du cours de sciences, nous avons visionné un extrait de Wallace et Gromit réalisant une expérience sur les liquides incolores et inodores. Le professeur nous a ensuite groupés par deux et je me suis retrouvée avec Trevor, un modèle d'indiscipline. Puis nous avons commencé à exécuter les étapes du laboratoire.

« Marly n'est plus dans la classe. Tu sais où elle est ? » lui ai-je demandé.

Tu te souviens ? Trevor n'était jamais à court d'entourloupes ni de taquineries. Il faisait comme s'il ne se rendait pas compte de ton absence. Il prétendait que tu n'avais jamais existé, que j'étais folle, et j'ai compris que ses fanfaronnades avaient pour but de me faire enrager. Je les ai ignorées.

C'est dans mon esprit que s'est déroulé le laboratoire, bien différent de celui des autres élèves. Je me suis vue sauter à pieds joints sur les tables, bousculer nos camarades et pulvériser chacun des flacons et des éprouvettes qui se trouvaient dans les armoires. Ce jour-là, j'ai ressenti l'épouvante de la solitude parce que toi, mon amie, ma sœur siamoise, tu n'étais plus là et mon instinct me disait que je ne te reverrais jamais.

Dans un tiroir de la rue Sicard, je conserve précieusement une traduction élaborée de *Principia*, mais aussi l'*Encyclopédie illustrée sur l'expansion de l'Univers*. Lorsque je relis ce livre pour enfants, c'est d'abord à toi que je pense. Marly, ta disparition me prouve que la vie est imparfaite et, vu sous cet angle, ça me fait du bien.

Je t'explique.

Petite, je voyais l'univers comme un modèle de perfection et, puisque j'étais laide, j'en étais exclue par défaut. L'humanité, c'était pour les autres. C'est terrible d'avoir imaginé une chose pareille. Il faut dire que chez les personnes à fleur de peau, comme toi et moi, le concept d'autoexclusion a tendance à s'enraciner profondément et pour longtemps.

Ce sont les cours d'astronomie qui m'ont enseigné à mieux conjuguer l'imparfait. Les trous dans la couche d'ozone. Les accidents cataclysmiques. L'antimatière. Les erreurs de la nature. Les ombres au tableau. Aux yeux du professeur Clavet, il n'y avait rien de plus intéressant que l'imperfection. En ce qui me concerne, ce fut le déclencheur du processus d'acceptation. Ma peau revêche se transformait, de l'intérieur, comme une trêve.

C'est beaucoup plus tard, lors d'un séminaire au club d'astronomie, que j'ai appris que les oies sauvages, ces oiseaux dont les auteurs de l'*Encyclopédie* vantaient les extraordinaires capacités migratrices, sont tout aussi imparfaites.

Marly, voici un copier-coller de la présentation que je donnerai dans quelques heures :

Le 31 octobre 1964, une oie se heurte au pare-brise du cockpit de l'avion de Theodore Freeman, candidat à l'une des missions Apollo. Des morceaux de plexiglas entrent dans les moteurs. Il y a perte de contrôle, le siège éjectable de Freeman ne bénéficiant pas d'un dispositif mécanique à toute épreuve. Dans les minutes suivantes, le pilote est trouvé mort parmi les décombres fumants. L'histoire de l'oie se termine tristement, c'est vrai, mais elle comporte une seconde partie. Sept ans plus tard, Freeman réalise son rêve de fouler le sol lunaire, par procuration. Le 1ᵉʳ août 1971, l'équipe d'Apollo 15 transporte Fallen Astronaut, *la première et unique œuvre d'art à jamais être déposée sur la Lune. Une plaque commémorative l'accompagne. Il y est inscrit les noms de treize astronautes décédés durant la conquête de l'espace, dont celui de Theodore Freeman, l'homme ayant rendu l'âme vingt-deux ans avant la disparition de Christa McAuliffe.*

Dans plusieurs villes et villages, à l'instar de Brodec, les seules distractions résident autour d'un Z Mart ou d'un centre commercial. Marly, je demeure étonnée de la présence d'une œuvre d'art installée à des milliers de kilomètres de la Terre. Tu pourrais me dire qu'il n'y a là rien à se surprendre, que cette information apparaît dans Wikipédia ou sur le site de la NASA. Tu aurais raison. Cependant, nulle part sur le Web tu ne liras que je rêve secrètement que l'on ajoute à cette plaque sur la Lune non pas le nom de Christa McAuliffe, mais le tien : Marly Rivera, l'ultime *Fallen Astronaut*.

Quand je ferme l'*Encyclopédie illustrée sur l'expansion de l'Univers*, je prends la mesure du bonheur d'être encore en vie, d'avoir survécu à l'infection et d'habiter ici, dans un quartier de l'est de Montréal. À six ans, c'est tout le contraire. Je veux m'en aller de chez moi, de la Sunnyside Road, retrouver mes étoiles, et ma chaise de cuisine devient mon siège éjectable.

« Veux aller faire des expériences, dis-je à Roxane en fixant mon bol de céréales.

— *Sweetie*, une fenêtre, c'est pas un tremplin. Refais-moi plus un coup pareil. Et pourquoi tu veux t'en aller ? On est ensemble. Ça va bien. T'as passé une bonne nuit. Non ? »

Le raisonnement de Roxane est absurde. Passer une bonne nuit en assistant aux ébats sexuels de sa mère ! Je serais maintenant couverte de câlins et je n'en serais pas surprise. Cette fois, c'est l'inverse. Roxane m'ignore. Elle ouvre le brûleur de la cuisinière et y dépose la bouilloire. Elle se fera un café, plus tard. Puis elle ramasse ses cigarettes et son briquet. Elle dit qu'elle a besoin d'air. Elle s'en va fumer sur le balcon. Quelques minutes seulement. L'odeur du propane se répand autour de moi. Je répète à ma mère que j'ai mal à la mâchoire, que ça bourdonne quand j'ouvre la bouche et que mes comprimés sont sur la tablette de la pharmacie.

Roxane ne m'écoute pas. La porte d'entrée se referme. J'entends le verrou. Je suis séquestrée.

Pour une enfant, il existe des activités plus intéressantes que d'être assignée à résidence.

Dans mon bol de céréales, il y a maintenant du bœuf et des oignons frits. J'ai vomi. Mon souper de la veille flotte comme un mauvais souvenir, et sur le coin de ma bouche se mélangent à l'excédent de crème hydratante de minces filets verdâtres que je retire du bout des doigts. Mon front est brûlant. Mes mains tremblent, et je vois des taches de sang qui maculent le motif sur la nappe. Ma condition se dégrade à l'insu de Roxane. C'est l'infection, Marly. Le début de l'ostéomyélite. La maladie qui m'a clouée à mon lit d'hôpital pendant des mois et contre laquelle j'ai par miracle remporté la victoire. Toi, tu n'as pas eu cette chance. Le 12 juin 1997, quarante-huit heures après ton départ subit du laboratoire de la classe de sciences, tu rendais l'âme aux soins intensifs en présence de ton père, de ta mère et de tes sœurs, Rachel et Laura. J'aurais tant aimé y être, vivre cette dernière expérience avec toi, avec vous, pleurer, rire, ensemble, toi et moi.

C'est lors de tes funérailles que j'ai réellement compris la force de l'imaginaire. Sur le banc d'église, je te voyais assise à côté de moi. Tu me tenais la main tandis que les adultes s'adressaient à toi en regardant le cercueil déposé au milieu de l'allée. Je refusais de croire que tu étais morte. Tes parents pleuraient. Trevor et Martin pleuraient. Tout le monde pleurait.

« Marly est au ciel », disait-on.

Comment pouvais-tu être à la fois au ciel et dans l'église ?

C'est à ce moment-là que tu es devenue mon amie imaginaire. Je sais, cette fabrication de l'esprit est généralement utilisée par des enfants plus jeunes. Le déni, c'est probablement un peu ça, et de m'y réfugier, à dix ans, me faisait le plus grand bien : je me suis donc adressée à toi pendant des années, dans l'intimité de ma chambre ou même en pleine rue.

Le choc de ta mort est arrivé des années plus tard, lorsque j'ai obtenu mon baccalauréat en enseignement de l'Université de Montréal. J'avais vingt-deux ans. La collation des grades s'était déroulée sans anicroche. Le calme avant la tempête. Un éclair de lucidité. Et au terme de la cérémonie, le doyen de la faculté nous avait invités à un cocktail dans sa maison bourgeoise de l'avenue Maplewood sur la montagne, à Outremont.

L'aboutissement de mes études me propulsait dans un monde d'adultes ; un long dédale qui me faisait revivre mon enfance. Mon grand-père avait raison de dire que la mémoire fonctionne par association. J'ai pensé à toi, à l'absence de toi, et à l'injustice de cette fulgurante septicémie qui avait abruptement mis fin à ton propre cheminement scolaire. Mon diplôme, c'était ton diplôme. Je pleurais comme une folle. Plutôt que de marcher vers l'avenue Maplewood, je me suis rendue au cimetière du mont Royal. J'y allais toutes les semaines. Je savais très bien que tes cendres avaient été dispersées dans la région de Calgary. C'était ridicule : je me suis encore mise à chercher ton prénom sur les monuments funéraires. Marlène. Marthe. Maria. Cette fois, je me suis rabattue sur Mary, auquel j'ai ajouté un L formé avec de la terre humide.

J'ai attendu. En silence. Puis le tracé s'est effacé pour ne laisser qu'un vide entre les deux lettres. Un vide que je n'arriverais pas à combler. Je venais de le réaliser. Je suis rentrée chez moi et ne suis plus retournée au cimetière.

Marly, jamais je ne m'étais adressée à toi depuis ce moment sur le mont Royal.

Avant de reprendre la retranscription du calepin de Samuel, je dois te raconter mes derniers souvenirs de Brodec. Il m'a été si difficile de reconstruire le fil des événements. Mon imagination a peut-être bonifié avec le temps. Peu importe. Retournons à la Sunnyside Road. Je ne me souviens plus quand Roxane a brisé l'omerta sur l'incendie. La veille de la rentrée scolaire ? L'avant-veille ? Chose certaine, j'étais assise sur la première marche de l'escalier avec ma tortue Tordue. Roxane éclusait une énième bière. L'odeur prononcée de fermentation se mélangeait à celle des vieux barils d'essence.

« *Sweetie*, notre maison était de l'autre côté du chemin de fer. C'était là qu'on était heureux. »

J'ai oublié l'essentiel de l'histoire. Je ne me souviens que du moment où Roxane m'a parlé de Mark, celui à qui appartenait la maison de l'avenue B.

« Mark avait de beaux grands yeux. Bleu acier. Comme les tiens. On était bien ensemble, tous les trois. »

Le regard de Roxane s'illuminait lorsqu'elle disait le mot « Mark ».

« C'est lui qui m'avait trouvé ce travail-là, juste à côté du Z Mart. Je me couchais à des heures de fous. Quand je me réveillais, j'étais tellement crevée. Ça a été de même jusqu'au matin de l'incendie. »

Roxane a continué son monologue de façon décousue, complètement ivre, au point que tu aurais certainement douté de la véracité de ses dires.

« L'explosion m'a réveillée. Ça sentait le propane. Ça venait de la cuisine. J'ai vu une poutre tomber sur ton lit. J'ai essayé de la déplacer. J'ai pas réussi. Je suis sortie de la maison. Sans toi, s*weetie.* Une partie du toit s'est écroulé. Tu étais encore dans ta chambre. Tout ça à cause de moi et de ma *fucking* cigarette. »

Roxane a lancé sa bouteille vide dans la cour. Le verre a éclaté sur un des bidons d'essence. J'ai sursauté. Adrienne est apparue sur le balcon.

« Rentre, Henrietta. Tout de suite. »

Ma grand-mère m'a reconduite à l'intérieur. Le brûleur de la cuisinière était ouvert. Du lait chauffait. J'observais la flamme bleue sous le chaudron, bleue comme les yeux de Mark. Sur la table est arrivé comme par enchantement mon dessert préféré. Ça sentait bon. Marly, grâce à mes grands-parents, les plaisirs surgissaient de partout, même des grilles du fourneau. Cette fois, ce n'étaient pas des croissants Pillsbury, mais des biscuits au chocolat. J'ai eu droit d'en manger autant que j'en voulais. Au moment de dire merci, je me souviens d'avoir entendu une explosion, celle d'une bombe à retardement placée entre la tête et le cœur.

Adrienne s'est mise à chanter du John Lennon, et moi, j'ai fait comme si de rien n'était. J'ai serré ma tortue Tordue en buvant lentement mon verre de lait chaud.

Nous sommes toujours au lendemain de la rentrée scolaire. Il y a quelque chose en moi qui se déséquilibre. Je me sens faiblir de minute en minute et, sans le savoir, j'en suis à mes derniers instants sur la Sunnyside Road.

Roxane discute avec Bruce sur le balcon avant, sans se soucier de la bouilloire qu'elle a oubliée sur le brûleur. Je m'ennuie. Je me conte des histoires, les répète, les déforme, dont celle de l'incendie de l'avenue B.

Cuisine, corridor, salon, cuisine. Je tourne en rond. Et en passant devant la porte, j'aperçois mes marguerites, tellement brûlées par le soleil que je voudrais de toute urgence appeler les pompiers. Malheureusement, je ne connais pas leur numéro de téléphone et il m'est strictement défendu de me rendre seule sur le balcon ; ce n'est pas sécuritaire, selon les adultes. Mais l'interdit m'aiguillonne, et je récupère la clé derrière le vaisselier.

Me voilà maintenant à l'extérieur, au sommet de l'escalier. La brise se faufile sur mon visage comme une caresse. Depuis les transferts cutanés, les sensations sur mes joues réapparaissent graduellement comme de petits pincements sur ma peau abâtardie. Je redécouvre le froid, le vent, et immobile, les yeux vers le ciel, je m'abandonne. Les fleurs patienteront.

Dans la cuisine, l'eau bout. On dirait le son d'un train.

Mes marguerites sont ravagées et m'interpellent. Je m'improvise pompier. J'arrose tout. Mais la pression d'eau augmente. Et en m'éloignant du jet, par mégarde, je mets le pied dans le vide. Soubresauts. Perte d'équilibre. Saltos renversés. Je déploie maintenant tous les efforts nécessaires pour remonter vers mes fleurs. À la seconde marche, mes jambes renoncent. Je n'ai plus de force. L'infection m'attaque comme des insectes dans ma bouche, dans mon corps, partout. C'est la fin de ma vie à Brodec. Et pendant ce temps, sur ton lit d'hôpital, tu demandes à tes parents d'aller récupérer tes oursons Winnie et Yogi. Tu leur dis que tu les aimes. Et tu leur souffles à l'oreille que, des guimauves, plus jamais.

L'endroit est vaste. Un homme s'inquiète à mon chevet. On dirait Bruce déguisé en médecin. Mains gantées, il cherche la cause de ma perte de conscience. Ses doigts s'enfoncent dans ma bouche. Une femme discute avec lui. Il est question de l'infection et de mon transfert à l'hôpital.

« Henrietta, je suis infirmière. Ne regarde pas l'aiguille. Ça va pincer. »

J'entends un boum. L'aiguille disparaît. L'infirmière aussi. C'est souvent comme ça, la perte de connaissance guette ceux qui osent s'approcher de moi. Ma laideur fait des victimes. Cette fois, c'est à mon avantage : la chute d'un parfait inconnu me donne l'occasion de profiter d'un moment de répit. Au-dessus de moi, il n'y a plus de visages inquiets et, par la fenêtre, je regarde l'horizon qui ne se dessine que par une mince ligne de fuite. Des taches floues prolifèrent. Des arbres s'effacent. Et au ciel se fondent des nuées d'oiseaux. Je n'entends pas leurs cris. Je n'entends que le mien.

Une aiguille entre dans mon bras.

J'ai maintenant une pince à l'index et des ventouses sur la poitrine. Je respire difficilement. Ma mâchoire ne bouge plus. J'ai très mal. Ça goûte mauvais dans ma bouche, et il s'y infiltre un liquide amer, comme une huile rance que l'on jette à la poubelle.

« L'express est ce qu'il y a de plus rapide. À part le pipeline, il n'y a que le train qui se rend en ligne droite. On arrive bientôt à l'hôpital. L'ambulance nous attend. »

Les adultes parlent entre eux. Marly, je ne suis pas à la clinique, mais dans un wagon de train.

« Personne de sa famille l'accompagne ?

— Non. On a gardé sa mère à Brodec. Un choc nerveux. C'est elle qui a trouvé la petite, inconsciente à mi-chemin entre leur maison et la voie ferrée. La mère s'est imaginé que sa fille avait été heurtée par le train. Un de ses amis la remplace. Il est assis au fond du wagon. »

Ma perte de connaissance a été causée par la dégradation de mon état de santé, par cette infection secondaire à ma dernière intervention chirurgicale. Fragilisée, je suis tombée au bas de l'escalier en arrosant les fleurs. Puis j'ai marché en direction du chemin de fer avant de m'effondrer sur le sol. Lors d'une infection fulgurante, les déséquilibres électrolytiques ne sont souvent que la pointe de l'iceberg. Jargon médical. Vague chuchotement. L'ostéomyélite. L'ostéite. L'os. Je perds le fil de la conversation.

Je reçois une autre injection. J'ai les mains attachées. La bouilloire réapparaît. Dans ma tête, ça siffle très fort. Un train d'enfer. J'ouvre les yeux.

Un homme me parle. Je crois qu'il s'agit de Bruce comme si la plupart des figures masculines de mon enfance ne pouvaient être représentées que par lui. Bruce est la personne qui m'accompagne, l'inconnu qui s'est évanoui, le médecin à mon chevet, le conducteur de *pick-up*, le propriétaire du garage, l'amant de ma mère et – pourquoi pas – mon père et le chien des voisins.

À l'extérieur, je ne vois plus d'arbres ni de volées d'oiseaux. Même la fenêtre a disparu.

« Henrietta, il faut laisser du temps aux gens pour s'installer. Sois patiente. »

Tout s'est immobilisé autour de ce que je crois encore être l'express, dans ce qui me semblait être une course contre la montre vers l'hôpital.

« Mon ange, on est arrivés. Tu es à la salle d'opération », me dit une infirmière.

Bruce ou celui que j'imagine être Bruce se penche au-dessus de ma civière.

« T'es mieux de revenir vivante, sinon t'auras affaire à moi. »

Bercée par les bras d'une anesthésiste, je m'évanouis, et de mon séjour à l'hôpital, je ne me souviens que d'une succession d'images parasitées auxquelles je ne prête aucun sens. Deux années. Sept cent cinquante-trois jours. La guerre des étoiles. Du vide. La détresse, comme une impression permanente d'être plongée dans un interminable tourbillon thérapeutique.

Près du lac Louise, tes parents sont allés récupérer les valises, mais aussi tes oursons, Winnie et Yogi. Le soleil se pointe. L'air est enfin sec, le ciel lumineux, et les nuages si blancs, si épais que ton père souhaiterait s'y déposer la tête.

« Pour toujours », dit-il en retournant à la voiture.

Tes parents portent sur leurs épaules un fardeau qui les consumera à petit feu, déjà qu'ils n'en peuvent plus de ce calvaire qui ne fait que commencer.

C'est ta mère qui a placé dans le coffre les derniers effets personnels, puis elle s'est installée derrière le volant sans regarder autour, sans tourner la tête vers le lac. Pourtant, elle n'aurait rien vu de bien terrifiant, que de grosses pierres disposées en cercle, des couvertures, des chaises pliantes renversées et un panorama splendide.

L'endroit est si beau. On dit qu'il coupe le souffle.

Marly, je t'aime.

Mes vêtements sont empilés sur le plancher. J'ouvre le brûleur. J'attends. J'ai froid. L'eau bout. Je referme le brûleur. Je me rhabille, retourne à l'extérieur et relègue mes pulsions à la cuisine. Je bois ma troisième tisane dans la cour, encore une autre – cette fois à la mélisse –, parce que c'est comme ça, la nuit, il m'arrive d'en reprendre sans compter, sans comprendre. Anne-C est repartie en laissant le calepin sur la table. La brise souffle sur les mots de Samuel comme sur des braises. Il est six heures trente. Le soleil se pointe. Une lueur d'espoir.

Mon voisin est debout sur son balcon. Exercice de diction : « Si sexy sans sa chemise, ce guitariste cherche désespérément son chat. »

L'exercice me plaît.

« T'as vu Charlot ? me demande-t-il en s'appuyant sur la balustrade.

– Oui. Tout à l'heure, dans l'escalier. Je pensais qu'il était rentré chez toi », dis-je, intimidée.

Je jette un coup d'œil sous le lilas, près de la clôture. La porte est bien fermée. Pas de trace de Charlot. Mon regard revient sur le balcon du deuxième. Le musicien est déjà retourné chez lui.

Souvenirs d'un torse nu et d'une peau blanche, parfaite.

Il y a maintenant dans ma tête une grande roue qui tourne et dans laquelle mon voisin et moi sommes assis l'un contre l'autre. Nous nous élevons au-dessus de Montréal comme dans une fête foraine. La vue est dégagée. Les lumières du quartier papillotent. Succès de Jimi Hendrix, de Kurt Cobain et de Frank Zappa. La guitare me lie à mon voisin. Nos cordes s'entremêlent, vocales. Je chante. Lui aussi. Proposition des classiques de John Lennon. Interprétation sublime. *Working Class Hero* me pénètre, me bouleverse.

Au loin, une maison brûle. Le *pick-up* en fuite. La poutre incandescente. Les araignées. Le lac Louise. L'école Saint-James. Et ma mère qui n'est pas ma mère. Marly, ça recommence!

Tous les matins, mon voisin fait son jogging vers huit heures. Je pourrai bientôt observer le galbe de ses muscles et ce je-ne-sais-quoi qui m'attire comme un aimant. D'ici là, je dois achever la retranscription du calepin.

Odeur de papier. Filets d'encre délicats, discrets, parfaits. Je me laisse transporter par la narration d'Adrienne, en relais de Samuel.

Le dernier ~~train~~ métro

23 AOÛT 1999

Ma chérie, voilà maintenant deux ans que nous habitons sur la rue Barré, à Montréal. À la télé et dans les journaux, on ne cesse de nous faire peur avec le bogue de l'an 2000. Ils sont fous, ces prophètes de malheur! À les croire, les avions tomberont du ciel et les hôpitaux seront paralysés. Je parie que l'apocalypse qu'on nous prédit ne surviendra pas et, de toute manière, en me lisant, tu comprendras que l'arrivée du prochain millénaire n'est pas ma principale préoccupation. Je m'inquiète pour des choses beaucoup plus personnelles, beaucoup plus près du cœur que des problèmes informatiques, des choses qui te concernent, toi, et qui me concernent, moi.

Si j'ai décidé de terminer le dernier calepin de ton grand-père, c'est d'abord parce que je le lui avais promis, mais aussi parce qu'il m'est important de te parler de ta mère qui, avec un peu de chance, aurait fêté ses trente ans aujourd'hui même et certainement avec nous.

Ce que je m'apprête à te raconter s'est déroulé sur une longue période de temps. Je commence par les événements les plus récents, le jour où nous nous sommes enfuies de Brodec.

Je m'affairais au bureau de Samuel lorsque j'ai reçu le coup de fil de M. Ho, mon ancien patron du temps où j'habitais à Montréal. C'est lui qui nous avait offert la discographie de John Lennon et les photos accrochées au salon. Malgré les milliers de kilomètres qui nous séparaient, nos liens ne s'étaient jamais rompus. Je l'avais régulièrement informé de l'évolution de ta santé, et il manifestait à mon endroit autant de délicatesse qu'il en avait démontré jadis. Je n'en avais jamais abusé et en aucun moment je n'aurais imaginé lui demander de l'aide pour dénicher un appartement.

Et pourtant.

À défaut d'autres solutions, j'avais été contrainte de le faire quelques semaines auparavant.

« Adrienne, enfin, un de mes logements se libère. Près du centre-ville. Peut-être est-ce trop cher... Un meublé avec trois chambres. Ce serait une bonne nouvelle si tu revenais à Montréal. »

J'ai accepté l'offre. Je n'allais pas rater ma chance de quitter Brodec pour une question d'argent, d'autant plus que je croyais dur comme fer que Roxane décrocherait un travail, ce qui compléterait mes revenus de retraitée.

La conversation avec M. Ho s'est poursuivie durant près d'une demi-heure. Je lui ai expliqué que tu obtiendrais ton congé du Mateo Center à la fin de l'été. Il était impensable que tu reviennes demeurer sur la Sunnyside Road parce que, à Brodec, la vie avait complètement changé.

« On apporte le minimum, ai-je dit à Roxane en la croisant dans le corridor.

— Pardon ?

— C'était M. Ho au téléphone. Il nous a trouvé quelque chose.

— Quoi ? On part tout de suite ?

— Oui. L'appartement est disponible maintenant.

— *Fuck !* »

Ma chérie, Roxane s'inquiétait démesurément. J'avais pourtant préparé le terrain depuis deux ans. Je l'avais progressivement habituée à l'idée de partir de Brodec même si, à ce moment-là, il aurait été hasardeux de déménager. Tu venais d'être transférée au Mateo Center. La condition cardiaque de Samuel se dégradait de jour en jour, ses capacités se limitant à manger et à dormir. Heureusement, Marcello le visitait chaque semaine et c'est ce qui le maintenait en vie. Les deux amis regardaient des films, jouaient aux cartes, mais sinon, seul, Samuel passait ses journées assis devant la fenêtre de la cuisine comme s'il espérait que tu apparaîtrais dans la cour, entre les pièces de carrosserie et les pneus usés. Ton grand-père avait même laissé en plan l'écriture de son dernier calepin, me faisant promettre de le terminer moi-même.

Durant une soirée particulièrement houleuse, Samuel avait assisté à une bataille, malgré lui, alors que Bruce s'en était pris au plus âgé des Stepanski. Depuis le décès du père, Samuel était convaincu que leurs activités criminelles visaient directement le garage. Je me disais que ton grand-père exagérait, que Brodec n'était pas le genre d'endroit à devenir un théâtre de pugilats.

« Tu vas voir, on va finir par compter les morts », m'avait-il prévenue.

L'hécatombe annoncée ne s'était jamais produite. N'empêche que, quelques jours plus tard, ta mère avait découvert le doberman des Stepanski éventré et pendu à un piquet de la clôture. Puis de nouveaux méfaits avaient été perpétrés les mois suivants, dont le vandalisme sur le *pick-up* de Bruce.

Samuel est mort pendant son sommeil le 12 novembre 1995, peu de temps après le début de toutes ces histoires. C'était peut-être mieux comme ça. Ton grand-père n'avait plus de qualité de vie. Et sans jamais se résigner, il avait souhaité être témoin de ton retour jusqu'à son dernier souffle.

La violence dans la Sunnyside Road n'avait cessé de s'accroître : vitres cassées, descentes de policiers, irruptions intempestives de Bruce chez les Stepanski. Et d'autres bagarres et d'autres cris ; les saisons s'étaient ainsi succédé pendant près de deux ans jusqu'aux feux allumés en pleine nuit dans les vieux barils d'essence de la cour du garage. Le jour avant notre départ, Roxane avait même fait l'objet de menaces, un truc en lien avec un gang de rue, du moins c'est ce qu'elle prétendait. Déjà, je me doutais que quelque chose n'allait pas. Elle évitait mon regard. Elle refusait toute amorce de conversation. Je n'avais donc pas obtenu de réponses à mes questions concernant les menaces qu'elle avait reçues. Il me serait impossible de lui tirer les vers du nez et, de toute manière, ma décision de plier bagage était prise. Il nous fallait un endroit plus paisible pour mener cette vie normale à laquelle je rêvais tant depuis l'incendie.

« On s'en va comme ça, sans explications ? m'a demandé Roxane.

— J'ai laissé un mois de loyer dans une enveloppe. Je pense que c'est préférable de ne pas avoir de contact avec Bruce. »

Ta mère semblait ignorer que j'étais au fait de son aventure du temps où tu étais avec nous sur la Sunnyside Road. À ce sujet, j'avais souvent eu des prises de bec avec ton grand-père. Il croyait que l'histoire de Bruce et Roxane précédait ta naissance. Je lui jurais que c'était improbable. Bruce s'était installé à Brodec plus tard, en 1988 ou 1989, lorsqu'il avait acheté le garage à l'ancien propriétaire. Toujours est-il que la relation s'était terminée *ex abrupto* pour une raison qui reste inconnue. Les rapports étaient demeurés houleux et empreints de jalousie. Je soupçonnais même que les prétendues menaces de gang de rue n'étaient qu'une invention de Roxane pour s'éloigner de Brodec. Il valait donc mieux partir en douce.

Lorsque ta mère est revenue dans ma chambre, sa valise était remplie à craquer. Sa voix tremblait.

« Et comment t'as trouvé le moyen de payer les billets d'avion ?

— J'ai fait des économies. »

J'avais menti. Malgré la meilleure volonté du monde, il m'aurait été impossible d'accumuler une telle somme. C'est plutôt Bélize* qui m'avait prêté l'argent. Elle avait aussi gentiment accepté de nous conduire à l'aéroport au moment opportun.

Debout devant la fenêtre du salon, Roxane s'inquiétait de plus en plus.

« Ça va être *tough* de s'en aller. Bruce lave son *pick-up* dans l'entrée.

— Attends-moi. Je vais fumer. J'en ai pour quelques minutes », lui ai-je répondu.

Je suis sortie sur le balcon arrière et, pour la toute dernière fois, j'ai pris soin de tes marguerites comme je l'avais fait chaque matin. J'ai retiré les tiges mortes. J'ai égalisé la terre dans chacun des pots. Puis je les ai arrosées abondamment, comme s'il me fallait tout noyer avant

---

* Note à Marly : ma grand-mère a toujours conservé de bonnes relations avec ses anciens collègues de travail, notamment ceux de l'usine pétrochimique. Bélize est sa meilleure amie.

notre départ. Je me disais que tes fleurs avaient besoin d'eau pour survivre, beaucoup d'eau, et encore de l'eau pour résister jusqu'à la prochaine pluie et s'épanouir en dépit des vapeurs de Brodec. Je continuais à verser l'eau machinalement et, pendant que les pots débordaient, je revoyais les flammes dans les vieux barils, qui s'étaient dressées trop souvent la nuit comme un haro sur les déboires du quartier.

Personne à l'intérieur du garage ne pouvait m'apercevoir à l'endroit où j'étais. J'ai frotté une allumette. La flamme a dévoré la tige de bois en s'approchant de la pulpe de mes doigts. C'était chaud. Ma peau fourmillait. Impavide, j'ai attendu jusqu'à la dernière seconde en pensant à toi, à tes brûlures, et au lieu d'allumer ma cigarette, comme une pyromane, j'ai mis le feu à mon paquet, que j'ai lancé dans le baril d'essence qui servait désormais à recueillir les rebuts. C'était stupide de commettre un tel geste après tout ce que nous avions vécu. Mais je n'étais préoccupée que par une chose : attirer Bruce dans la cour pour que nous puissions disparaître discrètement.

L'odeur de soufre, le crépitement des déchets, l'explosion sourde, je n'ai rien perçu de tout ça. C'est en verrouillant la porte de la cuisine que j'ai vraiment réalisé ce que je venais de faire. J'ai entendu quelqu'un crier. Un employé tentait d'éteindre les flammes tandis que Bruce cherchait des indices en scrutant les bosquets.

« Je pense qu'on peut y aller », ai-je suggéré à Roxane en me pressant dans le corridor.

La Sunnyside Road dormait littéralement. L'entrepôt Maynard était fermé le dimanche, et lorsque j'ai regardé l'immeuble voisin, en direction de l'appartement des Stepanski, je suis demeurée perplexe. C'était bizarre : leurs rideaux étaient tirés comme s'ils étaient partis en vacances. Leurs voitures étaient pourtant garées en bordure du trottoir, à l'endroit accoutumé. Roxane a émis l'hypothèse qu'ils avaient été éventrés comme leur doberman, que c'était comme ça, pour faire partie du gang, on devait tuer au moins un homme, une femme ou même un chien. Je trouvais ridicule qu'elle s'imagine une histoire aussi scabreuse. Je l'ai sommée de baisser la voix. On n'entendait qu'elle. Un branle-bas de combat avait peut-être lieu dans la cour, mais devant, c'était le calme plat. Le seul mouvement perceptible provenait des rayons du soleil qui miroitaient sur le *pick-up* de Bruce et sur lequel apparaissait cette image complètement déformée de nous-mêmes, surréaliste.

Bélize nous attendait.

« Prêtez pas attention au désordre », nous a-t-elle dit.

Roxane s'est assise à l'avant et moi, derrière. Manifestement, elle était troublée. Elle tirait à répétition sur le verrou de la portière comme si elle voulait l'arracher. Je lui ai demandé d'arrêter, sans succès.

J'essayais d'oublier l'incendie que j'avais déclenché en pensant à Montréal, à M. Ho et au nouvel appartement que nous allions habiter. Roxane fixait toujours le rétroviseur. J'ai d'abord cru qu'elle regardait en direction du garage. Je me suis retournée. Il n'y avait rien ; que ces longs filets de fumée, obscurs, comme des barreaux s'élevant vers le ciel à partir des cheminées des usines pétrochimiques. Pas de nuage opaque. Pas d'incendie. Absolument rien qui pouvait attirer l'attention de ta mère.

Nous avons roulé sur plusieurs kilomètres avant d'arriver à l'aéroport. Roxane ne quittait pas des yeux le rétroviseur. J'ai compris que c'était moi qu'elle visait.

« *By the way,* tout à l'heure, quand tu arrosais les fleurs sur le balcon... Tu me pensais dans le salon ? J'étais à la cuisine. Je t'ai vue jeter ton paquet de cigarettes dans le baril d'essence. Les feux allumés, la nuit, c'est toi qui as fait ça ? Et la boucherie avec Sacha, c'était toi aussi ? »

J'ai dit à ta mère que je n'y étais pour rien. Bélize a fait comme si elle n'avait rien entendu. Nous arrivions à l'aéroport.

« C'est la dernière fois que tu les entends.

— Pardon ? ai-je répondu à Roxane, ne sachant pas à quoi elle faisait référence.

— L'explosion. Il vient d'y avoir une explosion. Le bruit sourd. Le dynamitage. Allo ! Ça te dit quelque chose ? »

Les compagnies pétrolières nous avaient assujetties à leurs travaux d'exploration. Henrietta, pendant des décennies, nos cerveaux s'étaient encroûtés avec le vacarme des opérations de forage comme si nous avions habité un pays en guerre. Les explosions faisaient partie de notre réalité. Roxane avait raison. Jamais plus je ne les entendrais et je devrais m'accoutumer au silence comme un deuil de Brodec. Je savais que j'y parviendrais grâce au retour à ma ville natale, et surtout, à l'espoir de t'y retrouver à mes côtés.

À ce moment-là, j'avais présumé que Roxane y serait aussi.

Le sifflement de la bouilloire m'avait réveillée en douceur, non pas celle de la Sunnyside Road, mais plutôt celle de la rue Barré. J'avais dormi comme une bûche. Je me remémorais notre arrivée à Montréal, tard dans la nuit, alors que Roxane m'avait répété combien l'appartement lui plaisait. Je l'avais crue sincère. Elle semblait agréablement surprise des objets de décoration laissés sur place, comme si l'ancien locataire était lui aussi parti à la sauvette. Nous nous étions dit que le bas de duplex était pour nous l'endroit idéal. Et quant au loyer élevé, j'avais moi-même trouvé une solution en convainquant M. Ho de rencontrer Roxane pour un entretien d'embauche en fin de matinée.

Blottie sous les draps de flanelle, je m'interrogeais sur l'existence d'un restaurant à proximité. Il se répandait autour de moi un parfum agréable de petit-déjeuner. Les immeubles du quartier étaient-ils si près les uns des autres pour transmettre les odeurs de cuisson? Chose certaine, je savais qu'il était impossible que

Roxane cuisine : jamais elle ne nous avait servi le moindre repas.

« *Surprise !* Il y a quelque chose pour toi dans la salle à manger », s'est-elle écriée en entrant dans ma chambre.

Roxane fouillait dans ma valise comme si c'était la sienne. Étrangement, elle vantait la tranquillité de la cour, l'absence de puanteur de gazole, les écureuils, les oiseaux ; à penser que nous avions emménagé en plein cœur du paradis terrestre. Chez ta mère, une telle euphorie précédait généralement une période dépressive. Les changements d'humeur empoisonnaient sa vie. Rien n'était parvenu à les atténuer. Et plutôt que de bavarder à tort et à travers, il m'aurait semblé plus sage de préparer son entrevue avec M. Ho.

« Pourquoi tu fouilles dans mes affaires ? Ton CV est dans ta valise, pas la mienne. La lettre de recommandation aussi. »

Roxane est sortie de la chambre abruptement. J'ai pensé l'avoir contrariée. Puis j'ai entendu une série de bips provenant d'un four micro-ondes ou d'une cuisinière, comme si quelqu'un avait du mal à l'utiliser. Je me suis dit qu'un étranger était entré dans l'appartement. Un des Stepanski nous avait-il suivies jusqu'à Montréal ? J'échafaudais des scénarios ridicules ; une vraie folle. Puis j'ai fini par me raisonner et j'ai sauté dans la douche, offrant à nos nouveaux voisins une interprétation d'*Imagine*, une chanson qui m'accompagnerait éternellement.

« Je sais, c'est pas dans mes habitudes. Je me suis risquée à suivre une recette. Juste pour te faire plaisir, *mommy*, m'a dit Roxane en m'offrant deux gaufres sous un coulis de bleuets. Explique-moi comment c'était, ici, dans les années 1960, dans le temps du *peace and love...* »

Roxane n'en finissait plus de me poser des questions. Je cherchais une façon de m'en sortir. Je lui ai proposé d'aller au Reine-Elizabeth après notre rendez-vous avec le conseiller financier de la banque, en début de soirée. Je lui raconterais tout ce qu'elle désirerait savoir sur ma première vie. Roxane en avait déjà entendu parler, mais elle semblait ne pas s'en souvenir. Elle menait son interrogatoire comme une enfant. Ma chérie, c'était toi qui étais âgée de dix ans, pas elle, et de lui répondre aurait entraîné d'autres questions en retour. Je l'ai donc ignorée. Il fallait partir pour l'entrevue, et j'ai révisé l'horaire d'autobus en terminant mon petit-déjeuner sans me douter qu'il passerait à l'histoire. Nous avons quitté l'appartement comme des bandits en fuite, sans desservir la table, sans nettoyer la cuisine ; le temps nous manquait, et il était inconcevable d'arriver en retard à l'entretien d'embauche.

« On est vraiment à la bonne place ?

— C'est bien l'adresse que M. Ho m'a donnée, rue Sherbrooke Est, près de Place Versailles. Disons qu'on est loin du château du même nom ! » ai-je dit à Roxane.

L'endroit avait piètre allure et rien ne laissait présager que nous étions dans un immeuble de bureaux.

« Frappez et entrez », nous avait-il prévenues.

J'ai failli perdre connaissance lorsque j'ai aperçu M. Ho. Dieu qu'il avait changé ! Faciès allongé, traits tirés, quelques livres en trop, le crâne dégarni.

« Bienvenue à vous deux. Mon frère a été dans l'impossibilité de se présenter aujourd'hui. Il vous transmet ses excuses. C'est moi qui le remplace. Je sais, on se ressemble comme deux gouttes d'eau. »

Henrietta, j'avais confondu mon ancien patron avec son frère. Lui qui ne s'était jamais impliqué dans l'entreprise familiale, il n'avait probablement aucune idée du tempérament particulier de Roxane. Les chances de ta mère de décrocher un emploi fondaient donc comme neige au soleil.

« Appelez-moi Vinh », nous a-t-il indiqué.

Vinh semblait satisfait du CV et de la lettre de recommandation. Sans attendre, il a proposé à Roxane un poste d'assistante-gérante dans un magasin à un dollar.

« Je suis engagée ? Comme ça ? Sans entrevue ?

— Oui. La période d'essai débute demain matin. »

Ma chérie, il y avait un hic dans notre histoire. Nous avions menti en prétendant que ta mère possédait une expérience en gestion. Le seul travail qu'elle avait effectué de façon régulière consistait à participer aux inventaires de marchés d'alimentation, la nuit, avant l'incendie ; des tâches qui se résumaient à dénombrer les articles sur les tablettes. Aucun lien avec les responsabilités qu'elle devrait assumer. Depuis, Roxane n'avait été embauchée qu'à une reprise par un autre employeur grâce auquel elle avait obtenu une lettre de recommandation que nous avions légèrement remaniée.

Vinh a remis à Roxane un téléphone et une carte de la ville.

« Demain, vous travaillerez sur la rue Fleury, près du Jean Coutu. Je vous appellerai pour faire le suivi des commandes. Gardez le portable avec vous. Demandez Jessica. C'est elle qui vous orientera. Nous nous reverrons bientôt. »

Dans l'autobus, je pensais à Samuel, lui qui avait longtemps travaillé sur la rue Sherbrooke Ouest, au centre-ville. Il était inusité que je sois de retour à Montréal sur la même rue, avec Roxane, mais cette fois dans le secteur opposé. L'environnement m'était totalement étranger. Il y avait autour de moi un quartier que je ne connaissais pas. Un terrain vacant, un centre commercial et, à quelques centaines de mètres, l'hôpital psychiatrique Louis-H. Lafontaine, grand comme une ville. Il aurait certainement été préférable d'y conduire Roxane plutôt que de poursuivre notre route.

Ta mère cherchait à comprendre le fonctionnement de son téléphone. Nerveuse, elle le manipulait comme une télécommande. Je savais que Roxane était morte d'inquiétude à l'idée de commencer un nouvel emploi. J'ai mis ma main sur son épaule. Je ne touchais qu'à des os. La sensation de maigreur était déplaisante. Depuis quelques semaines, Roxane avait perdu du poids. Je n'avais pas osé aborder le sujet avec elle.

J'ai répété avec conviction que les prochaines journées se dérouleraient bien, qu'Ahuntsic, ce n'était pas si loin, et pour le lui prouver, je lui ai proposé de nous y rendre.

« Vous arriverez plus vite si vous prenez le métro », nous a conseillé le chauffeur, qui écoutait notre conversation depuis le début.

Nous sommes descendues de l'autobus à la station Cadillac. J'en garde un souvenir impérissable ; non pas à cause de son architecture, qui était à mon sens plutôt terne, mais bien parce que c'est sur ce quai que j'ai vu Roxane pour la dernière fois.

J'étais persuadée qu'elle ne voudrait rien savoir du métro, qu'elle invoquerait sa phobie des trains.

« T'as pas de raison de refuser. C'est électrique, sécuritaire, il n'y a aucune locomotive », ai-je insisté avant même qu'elle n'ouvre la bouche.

Roxane m'a accompagnée sans protester.

Déjà, j'aurais dû me douter de quelque chose.

À l'entrée, une violoncelliste jouait un air classique. Rien pour plaire à Roxane. Tout de même, je pensais qu'elle lui témoignerait au moins un peu de respect. Ce qu'elle n'a évidemment pas fait en interrompant la performance.

« Peux-tu me photographier avec ma mère ? »
a demandé Roxane en sortant un appareil jetable
de son sac.

J'ai compris plus tard qu'il s'agissait du
mien, qu'elle me l'avait probablement piqué en
fouillant dans ma valise, avant notre départ de
l'appartement.

Il fallait prendre la photo tout de suite, ça
ne pouvait pas attendre ; Roxane n'en démor-
dait pas.

« Comme ça, ça vous convient ? s'est poliment
enquise la jeune femme avant de retourner à sa
pièce musicale.

– C'est parfait », a dit Roxane, me confiant
du coup qu'elle souhaitait te faire parvenir la
photo.

Je suis restée si étonnée que je n'ai rien ajouté.
Les signes d'attachement à ton égard étaient
rarissimes.

Lorsque nous sommes arrivées sur le quai,
un jeune couple se disputait. J'ai suggéré à
Roxane de changer de place une première fois.

« Non, le métro arrive », m'a-t-elle soufflé à
l'oreille en regardant le tunnel d'une drôle de
façon.

Ta mère se repliait sur elle-même. Je la sentais exaltée.

Jamais nous n'aurions dû entrer dans la
station.

Le couple se livrait maintenant à un combat
de plus en plus violent. Il m'était impossible de
savoir s'il s'agissait d'un jeu ou d'une querelle.
J'ai préféré garder mon attention sur Roxane.

« Éloignons-nous », lui ai-je dit en reculant de quelques pas.

Roxane a refusé de me suivre. Je suis revenue près d'elle. Mon pied s'est heurté à son talon. Nous avons été déséquilibrées, sans plus.

Puis les événements se sont enchaînés très rapidement. La bousculade entre les jeunes s'est envenimée. Le garçon a poussé la fille, qui est tombée à l'extrême limite du quai. Elle s'est relevée de peine et de misère, un pied dans le vide, pour ensuite empoigner les bretelles du sac à dos de son ami. Je l'ai vue le lancer violemment près du rail. Il y a eu un son métallique, comme s'il contenait quelque chose de lourd.

Un homme situé de l'autre côté de la voie a demandé aux jeunes de se calmer.

« *Fuck you!* lui ont-ils crié en lui faisant un doigt d'honneur.

– Je vois la lumière. C'est *hot*. C'est comme dans les films de *daddy* », m'a dit Roxane.

Ta mère ne se souciait pas de l'altercation. Elle fixait plutôt l'entrée du tunnel comme si elle assumait une décision mûrie depuis longtemps. Je n'oublierai jamais le sourire qu'elle m'a esquissé.

Le métro est arrivé. J'ai fait en sorte de bloquer le chemin à Roxane. Le grincement des freins a été si fort que j'ai pensé que le chauffeur avait commandé l'arrêt d'urgence. Le garçon et la fille se sont mis à crier en regardant en direction du sac à dos, qui se trouvait maintenant sous la rame. Il y a eu un bruit sourd. Dès que les portes se sont ouvertes, j'ai vu les jeunes rire aux éclats et se jeter sur les derniers sièges disponibles. Un adolescent d'à peine quinze ans s'est levé, l'antithèse des Stepanski, angélique, vulnérable, et en remarquant l'expression sur son visage, j'ai compris qu'il me cédait sa place. Le geste m'a touchée. J'ai oublié les mots exacts qu'il a prononcés pour m'inciter à entrer, des mots vains puisque je n'ai jamais franchi les portes.

Je me suis retournée. Il n'y avait plus personne sur le quai. Roxane avait disparu.

Le métro est reparti.

L'homme qui avait interpellé le couple d'hurluberlus était toujours de l'autre côté de la voie. À l'instar de plusieurs passagers, il scrutait les débris du sac à dos abandonné près du rail et duquel s'écoulait un liquide rougeâtre. Un filet de sang, me suis-je dit.

« Hé, inquiétez-vous pas, madame. C'est une bouteille. Juste une bouteille qui a explosé », m'a signifié l'homme comme s'il avait lu dans mes pensées.

Je me suis sentie stupide. Plutôt que de chercher Roxane, je prêtais attention à une boisson qui se répandait sur la voie.

Je suis retournée à l'étage. La violoncelliste m'a juré ne pas avoir aperçu Roxane. Je suis redescendue sur le quai et, en observant les écriteaux, je me suis rendu compte qu'il n'y avait pas une, mais deux sorties. Le second édicule se trouvait du côté nord. J'ai couru. J'ai monté les escaliers le plus rapidement possible et, en arrivant devant la cabine, j'ai bien vu que le contrôleur était insensible à ma situation. Sans me regarder, il m'a répondu qu'il n'était pas là pour surveiller les allées et venues de la clientèle. C'est en cherchant des pièces de monnaie pour utiliser le téléphone public que j'ai découvert dans mon sac le portable de Roxane. Personne d'autre qu'elle n'aurait pu le déposer à cet endroit. Je l'ai ouvert. Sur l'écran principal, on pouvait consulter l'historique des appels. L'unique notification : une communication de vingt secondes effectuée vers le Mateo Center. Pourquoi avait-elle voulu t'appeler ? Et mon appareil photo, l'avait-elle jeté devant le métro ?

J'ai fini par sortir de la station. J'ai parcouru les aires de stationnement de chacun des commerces avoisinants, les rues Cadillac et Bossuet, et je me souviens de m'être arrêtée à la rue Duquesne en réalisant l'absurdité d'arpenter la ville entière. J'ai attrapé le téléphone de Roxane et j'ai composé un numéro que je connaissais par cœur ; celui de M. Ho.

J'en avais assez d'entendre les cris d'enfants. J'ai fermé toutes les fenêtres et je suis revenue au salon.

« Je suis désolée. J'ai besoin de tranquillité.

— Je comprends », m'a dit M. Ho.

C'était étrange d'être assise sur le même canapé après tant d'années.

« Ta fille était d'accord pour habiter Montréal ?

— Je ne le sais plus. Il n'y a rien de simple avec elle.

— Elle est peut-être repartie à Brodec.

— Impossible. »

Je ne trouvais rien qui aurait pu amener Roxane à retourner sur la Sunnyside Road. Je réfléchissais à ses rapports conflictuels avec Bruce, au doberman éventré, aux menaces de gang de rue, fondées ou non, et à l'appel de vingt secondes au Mateo Center.

« Veux-tu que je contacte la police ?

— Je suis convaincue que c'est ma fille qui a déposé son téléphone dans mon sac. Personne ne l'a forcée à sortir de la station. »

M. Ho est revenu au salon avec une bouteille de scotch. Je me suis souvenue à quel point nous avions laissé la cuisine en désordre.

« Excuse-moi. C'est Roxane qui a préparé 163 le petit-déjeuner. On a quitté l'appartement en vitesse, sans rien nettoyer.

— Adrienne, les armoires sont vides. Il n'y a rien pour cuisiner. Si tu parles des gaufres et du coulis de bleuets, c'est moi qui vous les ai offerts. Je trouvais ennuyeux que vous arriviez ici sans provisions. Je suis passé chez le traiteur hier matin. Le scotch, ça vient aussi de moi. »

J'avais donc raison de soupçonner Roxane de mentir lorsqu'elle prétendait avoir tout préparé elle-même. Je ne me doutais cependant pas qu'elle planifiait son grand départ.

J'ai accepté le verre de scotch. La chaleur dans ma gorge me faisait du bien.

J'ai dormi plus d'une heure. M. Ho était déjà retourné chez lui lorsque j'ai rouvert les yeux. Il m'avait écrit sur un bout de papier punaisé au mur qu'il me laissait le téléphone de Roxane. Il me rappellerait pour prendre des nouvelles.

Il était dix-huit heures. Je devais bientôt rencontrer le conseiller financier. J'ai mis mon manteau et j'ai plutôt emprunté la direction du Reine-Elizabeth. J'espérais que Roxane se souviendrait de ma proposition d'y aller après notre rendez-vous à la banque.

J'ai longé la rue Notre-Dame, et c'est à partir de la rue de la Cathédrale que j'ai remarqué que les lampadaires ne fonctionnaient pas. Il n'y avait pas d'étoiles, ni lune, ni phares de véhicules. Je me suis dit que je n'avais rien à craindre de la noirceur, que je finirais par arriver devant l'hôtel saine et sauve.

Une dame de mon âge aurait normalement eu peur. Or, encore engourdie par les effets du scotch, j'ai marché candidement vers le centre-ville. J'ai monté la rue comme on remonte le passé, comme ça, dans la plus grande insouciance.

Et je me suis revue, jeune et belle, trente ans en moins, quelques jours avant de tomber enceinte de Roxane.

Il était trois heures et demie du matin lorsque la fameuse bombe a explosé au sous-sol du magasin Eaton du centre-ville de Montréal, le 22 novembre 1968. J'avais été évacuée de mon studio. Il neigeait. L'air était particulièrement humide. J'avais erré parmi une faune bigarrée d'itinérants, de journalistes, de badauds, tous en quête d'explications sur l'attentat rapidement revendiqué par le FLQ*. Durant les mois précédents, d'autres engins explosifs avaient été placés au consulat des États-Unis, au quartier général de la police, dans des boîtes aux lettres de Westmount, en plus des vols de dynamite et de l'aéroport paralysé.

Henrietta, tu as certainement déjà réalisé à quel point les explosions ont jalonné notre existence. Cette nuit-là n'avait pas fait exception. Montréal était sens dessus dessous. J'étais fréquemment revenue au coin de la rue Sainte-Catherine.

---

* Note à Marly : j'ai appris dans un cours d'histoire que le FLQ était un mouvement politique radical né au début des années 1960 et qui prônait l'indépendance du Québec.

J'espérais rentrer chez moi, mais le périmètre de sécurité demeurait inchangé.

Au petit matin, les Montréalais s'étaient rendus dans les tours de bureaux. La vie continuait. Et j'étais là, parmi la foule, lorsque j'ai aperçu Samuel pour la première fois. Nous avons échangé quelques mots. Il m'a expliqué qu'il travaillait de nuit à l'entretien de l'École d'architecture de l'Université McGill. J'avais vingt-cinq ans. Lui, quarante-cinq. Et la bombe – la plus noble et la plus salutaire d'entre toutes – avait explosé ce matin-là, provoquant un feu ardent qui n'a jamais cessé de nous animer.

Samuel n'est pas retourné dans sa maison de Roxboro ni moi dans mon studio de la rue Mansfield. Nous avons plutôt arpenté la ville, de l'avenue McGill College jusqu'au mont Royal. Un voile nuageux obstruait la vue. On ne pouvait rien admirer du panorama à partir du belvédère, mais cela ne nous était d'aucune importance. Notre présence mutuelle nous suffisait.

À midi, les averses ont éclaté. Trempés jusqu'aux os, nous sommes montés dans un taxi qui nous a conduits au centre-ville, sur le boulevard René-Lévesque, autrefois Dorchester. Nous avons passé la journée bien au chaud, dans la suite 423 du Reine-Elizabeth, luxueuse et beaucoup trop chère pour nos moyens. Je m'en souviens comme si c'était hier. Les plus beaux moments de ma vie.

Je ne suis retournée au travail qu'après cinq jours, au grand désespoir de M. Ho. Un mois plus tard, Samuel laissait sa femme pour emménager chez moi. J'étais enceinte de Roxane.

L'année suivante, le magasin Eaton annulait son défilé du père Noël par crainte d'un nouvel attentat. M. Ho m'avait jointe par téléphone pour m'en informer. Samuel et moi avions déjà quitté Montréal, avant même la naissance de Roxane. Mon père ne m'adressait plus la parole. Ma mère m'avait sans cesse harcelée pour que je confie le bébé à l'adoption.

« Tu iras à la crèche de la Miséricorde. Les bonnes sœurs vont s'occuper de tout », avait-elle décrété unilatéralement en me vantant ce lieu où les filles-mères donnaient leur enfant, souvent contre leur gré.

Être l'opprobre de la famille m'était insupportable, et il était hors de question que j'abandonne ma fille. Non sans difficulté, j'avais coupé les liens avec mes parents. Il n'y avait pas de meilleure solution que de partir le plus loin possible. Une connaissance de Samuel nous avait accueillis chez lui, à l'autre bout du Canada, dans sa maison d'un quartier francophone d'Edmonton. Quelques semaines plus tard, Samuel se trouvait un emploi dans le nord de la province, à l'entretien de la gare de Brodec. Nous emménagions tout près de là, sur la Sunnyside Road.

« Une année ou deux. Pas plus », avions-nous dit.

Qui aurait pensé que nous y demeurerions près de trente ans ?

Je me souviendrai toujours de notre départ de Montréal. M. Ho nous avait conduits à la gare centrale qui, déjà à cette époque, était reliée au Reine-Elizabeth par les galeries marchandes souterraines. Des dizaines de journalistes fai-saient le pied de grue. John et Yoko y tenaient leur *bed-in* en opposition à la guerre du Vietnam, le pays d'origine de mon ancien patron, à qui nous avions demandé de nous photographier. M. Ho avait cru que nous désirions conserver en mémoire l'événement sur la non-violence, le *flower power*, les hippies, l'amour libre. Samuel et moi, nous nous identifiions bien sûr à ces façons de vivre. Nous avions conçu un enfant hors mariage et nous étions vus bien malgré nous comme des marginaux. Mais l'idée des photos devant l'hôtel n'était pas d'immortaliser le *bed-in*, mais plutôt notre rencontre de l'année précédente, survenue dans la suite 423.

L'été 1969 avait été celui de tous les exploits: Janis Joplin chantait à Woodstock, Neil Arm-strong marchait sur la Lune, et moi, j'accouchais de Roxane. Nous avions reçu de la part de M. Ho une carte de souhaits ainsi que les photos prises devant le Reine-Elizabeth. Mon ancien patron nous félicitait pour la naissance du bébé et, du même souffle, il nous témoignait son inquiétude sur le dénouement de la guerre.

« Il faut continuer de croire en la paix », nous avait-il écrit.

Et ainsi, lors de certains anniversaires de ta mère, M. Ho nous avait fait parvenir un album de John Lennon : *Plastic Ono Band* en 1970, *Imagine* en 1971, *Some Time in New York City* en 1972, et même l'album posthume, *Milk and Honey*, en 1984. Je les ai tous écoutés plusieurs fois, au point de connaître par cœur chacune des paroles, chacune des mélodies, jusqu'à ce que je range tout, quelques années plus tard. La nostalgie de Montréal étant révolue, j'étais prête à vivre autre chose.

Le temps s'est arrêté le 22 avril 1990, après l'incendie. Tant de bonheur gaspillé par la faute de Roxane. J'en voudrai toujours à ta mère d'avoir gâché nos vies. À cause de sa foutue cigarette, l'hôpital est devenu notre seconde demeure, Roxane a été internée en psychiatrie durant quelques semaines et Samuel a pris sa retraite pour s'occuper de toi. C'est alors que j'ai tout ressorti de l'œuvre de Lennon. *Mother*, *Working Class Hero*, *Imagine*, *I'm Losing You*. Je repassais ces chansons en boucle dès que je croyais perdre la tête. La guerre du Vietnam était terminée depuis plus de quinze ans, mais un autre combat commençait – le nôtre –, et pour ne pas y mourir, je m'abandonnais aux mots de Lennon. Sa musique me rappelait Montréal, mes plus belles nuits au Reine-Elizabeth et cet amour inconditionnel de Samuel à partir duquel je puisais toutes mes forces.

Roxane ne s'est jamais présentée devant le Reine-Elizabeth, le soir du 19 mai 1997. Après avoir parcouru la rue de la Cathédrale en pleine noirceur, je suis arrivée au boulevard René-Lévesque. J'ai attendu deux longues heures avant de me résigner à rebrousser chemin.

Les jours ont passé. L'idée m'est venue de joindre Bélize, à Brodec. Je lui ai demandé d'aller jeter un coup d'œil sur la Sunnyside Road. Elle m'a expliqué que peu de choses avaient changé. Le *pick-up* de Bruce était toujours garé dans l'entrée. Le seul élément différent : une poussette à côté de la porte. Une famille avait déjà emménagé dans notre ancien appartement, comme si Bruce avait été avisé de notre départ, bien avant les préparatifs de notre déménagement.

Au début du mois de mai 1998, Bélize m'a appris que l'appartement des Stepanski avait été démoli pour permettre d'agrandir l'entrepôt Maynard. Je n'ai obtenu aucune information qui m'aurait donné l'occasion de remonter jusqu'à Roxane.

Puis il y a eu les appels provenant d'un numéro 1-800. Je les ai d'abord ignorés. Je croyais qu'il s'agissait d'une quelconque offre d'abonnement ou de carte de crédit. Les appels ont continué. J'ai fini par décrocher le combiné. La personne au bout du fil est demeurée silencieuse jusqu'à ce qu'elle mette fin à la communication. L'afficheur indiquait le nom d'un motel de l'État de New York. J'en ai déduit que c'était Roxane. J'ai recomposé le numéro, plusieurs fois, sans jamais obtenir de réponse.

23 AOÛT 1999

Ma chérie, je suis à terminer l'histoire concernant la disparition de ta mère. Je laisse volontairement quelques pages vierges dans le calepin de Samuel. Peut-être un jour voudras-tu y ajouter tes commentaires. En ce qui me concerne, l'écriture n'est pas ce qui me vient le plus naturellement et c'est pour cela que j'ai pris quelques années avant de passer à l'action. On dit que mieux vaut tard que jamais, n'est-ce pas ?

Une excellente nouvelle est arrivée cet après-midi. Tu as reçu la confirmation de ton adhésion comme membre junior au club d'astronomie du Grand Montréal. Les rencontres ont lieu chaque mois. Tu pourras ainsi développer ton intérêt pour les sciences, d'autant plus que les réunions sont au planétarium de Montréal, tout près d'ici.

Ma chérie, je devine que le bogue de l'an 2000 ne te fait, à toi non plus, ni chaud ni froid. Les dernières années ont été éprouvantes. La mort de Marly, la période d'adaptation à ta nouvelle vie, le début de l'adolescence. Aie confiance, le temps fera son œuvre. La douleur finira par s'estomper, et à cet égard, tes activités au club d'astronomie te feront certainement le plus grand bien.

Lorsque tu étais petite, je te fredonnais tous les soirs *Imagine* de John Lennon. Il faut se rendre à l'évidence, cette routine est derrière nous. Tu as maintenant douze ans. Tu as vieilli, et je vois dans tes yeux que tu espères autre chose de ta grand-mère que des musiques de berceuses. Moi aussi, j'ai vieilli. Je ne démontre pas la jeunesse des mères de tes amis. Dis-toi cependant que je ne serai jamais une grabataire agonisante. J'ai de l'énergie à revendre. Hier, je me suis acheté un baladeur pour réécouter mes airs préférés. Ça m'a donné envie de recommencer à chanter, et je me suis même inscrite à des cours. Le semestre débute en septembre. J'en rêve tous les soirs. Tu te rends compte, à mon âge !

Dans la cour de Montréal, je fredonne *Mother*
de John Lennon. Les familles du quartier se
préparent à déjeuner. J'entends le tintement
des ustensiles sur les assiettes, le bruit des
machines à café, le son des téléviseurs et le babil
des enfants excités.

Normalement, à pareille heure, avant d'aller
faire son jogging, mon voisin délie ses muscles
sur son balcon. Ai-je raté son départ ? Il n'y a
que son chat qui miaule devant la porte. C'est
pénible, une nuit entière à la belle étoile, semble-
t-il me dire.

Je retourne dans mon appartement. Le téléphone sonne. C'est Adrienne qui me laisse un
message sur le répondeur.

« J'arrive bientôt. J'ai quelque chose pour toi.
Je ne te dis pas ce que c'est. Juste que ça sent le
sucré... »

C'est moi qui réserve une surprise à ma
grand-mère. Comme tous les dimanches, nous
prendrons le petit-déjeuner au café du marché
Maisonneuve. Mais ensuite, plutôt que de partir

en promenade dans mon RAV-4, nous irons rejoindre les enfants du club d'astronomie. Ma présentation se tiendra exceptionnellement à l'extérieur, sur le mont Royal, cette montagne en pleine ville où sont nées plusieurs histoires d'amour, dont celle de mes grands-parents. L'endroit abrite de nombreuses aires de repos et des cimetières, musées, universités ainsi qu'un lieu de culte pour qui veut croire encore aux miracles.

À partir du belvédère, les points de vue sont saisissants. On a l'impression de dominer le monde. Et pendant ma présentation, les enfants pourront contempler à souhait le ciel et l'horizon. Aujourd'hui, je serai évaluée par un comité. Une dizaine d'autres conférenciers sont aussi en lice pour représenter le club lors d'un congrès à Halifax. Si je suis l'heureuse élue, j'inviterai Adrienne à m'accompagner. Ce sera ma façon de la remercier pour ce qu'elle a fait pour moi. Et voilà que je répète à voix haute le récit de la vie de Christa McAuliffe, ses études, sa sélection officielle à la NASA, son amour pour les sciences et sa rage de vivre. Marly, l'histoire de Christa McAuliffe, c'est également un prétexte pour parler d'humanité et d'amitié, comme si nous étions toi et moi réunies, le temps d'un exposé en plein air.

Voici ce que j'expliquerai aux enfants.

Au cinéma, les doublures sont utilisées afin de préserver la sécurité des acteurs principaux. Sans elles, Daniel Craig aurait certainement été plongé dans le coma pendant le tournage d'un film de la série James Bond. C'est plutôt sa doublure, le cascadeur Aris Comninos, qui a été grièvement blessé alors que les risques pourtant avaient été calculés. Marly, les astronautes ont aussi des doublures. Celle de Christa McAuliffe se nommait Barbara Morgan, une enseignante passionnée de l'Idaho. Toutes deux avaient reçu exactement le même entraînement, la seconde pouvant remplacer la première à tout moment; une éventualité qui ne s'est jamais présentée.

Le 28 janvier 1986, au lieu de participer à la mission, Barbara Morgan assistait au décollage de la navette à partir du centre spatial Kennedy, les deux pieds sur terre et en parfaite sécurité. Tout se passait bien malgré les nombreux reports dus à la météo des jours précédents. Barbara fixait la rampe de lancement, ravie de voir sa collègue et amie s'envoler en orbite. Elle pensait peut-être à ses élèves en Idaho, à sa famille ou au projet qui lui était cher : *Teacher in Space*. Puis elle s'est mise à scruter le ciel, émue par un rêve qui se réalisait, ou qui semblait se réaliser. Comme dans les films, les risques avaient été calculés. Or, la fumée blanche apparue soudainement n'était pas un signe de bonheur ou de réussite, mais celui de l'explosion en cascade, de l'horreur et de l'impalpable.

Marly, il est facile de trouver ces images sur Internet. J'ai passé des heures à observer la complicité des deux femmes pendant leur entraînement. Je les ai vues jouer à saute-mouton dans le simulateur d'apesanteur, rire, rêver à leur projet commun, s'épauler, se tenir la main comme des enfants, et tu devines certainement que j'ai pensé à toi.

Barbara et Christa ont été séparées brutalement. Sans préambule. Sans au revoir. Le glas du rêve après soixante-treize secondes de vol. Marly, la vie est parfois très sombre, fallacieuse, puante, et le plus grand défi de ma présentation sera de choisir les mots justes pour faire comprendre aux enfants que la vie n'est pas une mission impossible. Le temps passe et la lumière revient, un jour ou l'autre. Il faut être patient. Comme Barbara Morgan. Le 8 août 2007, elle montait à bord de la navette *Endeavour*, devenant la première enseignante à se rendre en orbite, plus de vingt ans après le décès tragique de son amie Christa McAuliffe.

La cuisine est encombrée par le courrier de la semaine et les travaux non corrigés de mes élèves. J'ai libéré un tout petit espace. J'y ai déposé ma tasse, le calepin et mon ordinateur. Puis, j'ai eu soif et j'ai placé la bouilloire sur le brûleur.

L'aube me donne tout juste l'énergie nécessaire pour la suite des choses. La dernière étape de ma retranscription concerne la lettre de New York. Je l'ai lue dix mille fois. Je cherche désespérément l'enveloppe que j'ai rangée dans un vieux coffret de tisane et dans laquelle se trouve la lettre, mais aussi la photo de ma mère prise dans le métro de Montréal, la seule image que j'ai pu conserver de Roxane, amaigrie, intoxiquée et bouleversante.

Je retire des armoires les paquets de biscottis, les biscuits au gingembre, les noix de ginkgo. J'enlève les grains d'encens, les racines de bardane, les bâtons de cannelle. Toujours rien. Devrai-je vider la totalité de la tablette?

Odeur de propane. Parfum d'enfance. Vertige irraisonné. J'ai découvert le fameux coffret derrière les huiles et les pâtes alimentaires. La lettre et la photo me font toujours le même effet. Marly, comment est-il possible d'oublier l'endroit où l'on a caché quelque chose de si important ? J'ouvre le brûleur. La flamme s'élance vers mes doigts et les feuilles de papier. Elles proviennent du Saw Mill River Motel de la ville d'Elmsford, dans l'État de New York. Une étincelle s'allume dans mon ventre. Ça brûle. Pour vrai. Les boutons de mon chemisier sautent l'un après l'autre. J'enlève mon jeans, mes chaussettes, ma culotte, mon soutien-gorge, tout. Mon cœur s'emballe. Je devrais me sauver, mais je reste là. Je suis une bombe à fragmentation sur le point d'exploser. Bonheur kamikaze. Sensations sur ma peau. La terre tourne. La lettre brûle. Et ce feu qui se lance partout sur mes lèvres, mes élèves et les travaux de mes élèves.

Marly, la bouilloire crie. J'entends une voix masculine.

Henrietta,

J'avais des choses importantes à te dire. Inquiète-toi pas, le courrier du cœur, c'est pas mon fort. Il y aura pas de suite à ma lettre. Pas de coup de fil. Pas de rencontre en personne. C'est mieux que je revienne pas dans ta vie. D'abord, faut que tu saches que j'ai jamais voulu fuir mes responsabilités.

La dernière fois que je t'ai vue, tu avais sept ans. Tu venais d'être réopérée. Les tuyaux, les moniteurs, les médecins, ça m'intimidait. Dans ta chambre, j'osais même pas me retourner vers ton lit. Je me sentais comme les gens devant un cercueil qui ont peur de regarder le mort. J'ai toujours été un gars sensible. Ça devait paraître sur mon visage. Tes grands-parents me fixaient d'une drôle de façon, et j'avais pas prévu que je serais seul avec eux, que Roxane s'enfermerait dans les toilettes pendant vingt minutes. Quand je l'ai aperçue dans le cadre de porte, elle s'est mise à crier comme si quelqu'un lui avait arraché un bras.

Ton infirmière nous a demandé de sortir de la chambre.

Dans le corridor, ta mère m'a présenté à tes grands-parents comme étant un ami américain. Ils ont jamais pu deviner que j'avais été là pendant la grossesse de Roxane. C'est même moi qui ai choisi ton prénom. Ma voisine de New York s'appelait Henrietta. Ça t'allait bien.

J'espère que tu l'aimes, ton prénom.

Quand ta mère est tombée enceinte, elle est partie de la Sunnyside Road. J'avais une maison sur l'avenue B. J'y allais pas souvent. C'était ridicule que Roxane se prenne un logement. Je lui ai proposé de venir chez moi en attendant qu'elle se trouve un emploi mieux payé que faire des inventaires. Henrietta, je suis pas un ange. J'ai tout fait à part tuer, mais rien m'a donné plus d'effet que ton arrivée dans ma vie. Je suis devenu addict de toi. Je connaissais tes comptines par cœur. J'accumulais les figurines pour enfants chez McDonald. Ça me faisait peur.

Le soir de l'incendie, Roxane est rentrée vers minuit. Normalement, c'est une de ses amies qui t'hébergeait. Pour une fois, j'étais à la maison. Roxane m'a demandé de m'occuper de toi. C'était juste des excuses pour qu'on soit ensemble, comme si on avait été un couple, comme si j'avais été ton père. Quand elle est revenue du travail, on a bu et on s'est amusés. Ta mère s'est couchée. Jamais elle a allumé de cigarette, même si je sais qu'elle a toujours fait croire le contraire.

C'est après que je suis retourné au salon pour prendre une autre bière. Puis une autre. Puis encore une autre. C'est moi qui me suis endormi sur le divan en fumant. C'était à moi, la cigarette.

Je me suis réveillé probablement quelques minutes plus tard. Il fallait que je parte pour New York. C'était pas la meilleure des idées de conduire mon pick-up jusqu'à l'aéroport. J'étais soûl. J'ai été chanceux. J'ai pas causé d'accident.

J'ai juste mis le feu à une maison et défiguré une enfant de trois ans...

Le lendemain, j'ai reçu l'appel d'un voisin de l'avenue B. Tout avait été rasé. Il y avait eu une explosion de propane dans la cuisine. Henrietta, tu comprends pourquoi j'ai pas osé remettre tout de suite les pieds au Canada. Je te jure que j'ai pas voulu me sauver.

Tu devais avoir onze ou douze ans quand Roxane a frappé à ma porte, à New York. Elle était venue m'expliquer qu'elle changeait de vie. Elle travaillait dans un diner dans l'Upper West Side, près de Harlem. Disons qu'elle était pas en pleine forme. On s'est pas fréquentés longtemps. Ta mère et moi, ça menait nulle part. Mais j'en ai su assez pour déduire que tu vivais avec ta grand-mère à Montréal. J'ai mis la main sur son numéro de téléphone. Comme c'était toujours elle qui répondait, j'ai arrêté d'appeler. Je t'ai retrouvée lorsque tu as emménagé dans ton appartement à toi. Je t'envoie ma lettre à cette adresse-là. Je me suis dit que j'y ajouterais la photo de ta mère. C'est elle qui me l'a donnée la dernière fois que je l'ai vue. Henrietta, quand Roxane va réapparaître à Montréal, sois pas trop dure avec elle. Moi, je suis un accident de parcours. Elle, c'est ta mère. Pour ce qui est de ton père, j'ai jamais vraiment su qui il était. Si tu le cherches, commence par les employés du Z Mart, Nick ou Daniel. Je me souviens plus de leurs noms de famille.

Ma voisine qui s'appelle Henrietta habite encore à côté de chez moi. Chaque fois que son mari prononce son nom, je pense à toi.

Décidément, je pourrai jamais t'oublier.

Mark

Elmsford, New York

Marly, je me suis installée trop près du brûleur. Une partie de la lettre de Mark s'est détachée tel un brandon sur les travaux de mes élèves. J'ai vu que ça brûlait sur le comptoir. J'ai paniqué. J'ai aperçu les flammes sous mes mains, trop près des armoires, comme des langues de feu qui voulaient m'avaler. C'était insensé d'utiliser un torchon pour repousser les débris incandescents dans l'évier. Tout a été détruit, j'en ai la triste impression. Je ne me souviens que d'une chose : j'étais en larmes sur le plancher lorsque mon voisin m'a aidée à me relever. Il arrivait de faire son jogging. J'imagine que le feu a attiré son attention. La voix masculine que j'entendais dans la cuisine, c'était la sienne.

Nous sommes maintenant sur le toit-terrasse, lui et moi, et tu devrais voir l'expression sur son visage pendant que je t'écris, les yeux humides.

« C'était pas un gros feu. J'ai juste eu à lancer l'eau de la bouilloire dans l'évier. Je pense que tu vois ça pire que c'est. Relaxe. Ici, c'est l'endroit parfait pour ça. Je viens souvent avec ma guitare. »

Il n'y a aucun malaise entre mon voisin et moi. Il m'a pourtant vue dans la cuisine, nue, en détresse. C'est lui qui m'a aidée à me rhabiller. Il m'a fait signe de le suivre. J'ai pris mon ordinateur, et nous avons monté l'escalier. Ici, c'est très haut. Un poète dirait que je suis plus près du ciel et des anges.

« Excuse-moi, c'est pas poli, mais j'ai quelque chose à retranscrire à l'ordinateur. J'ai peur d'oublier des détails.

— Y a rien qui presse.

— C'est que j'attends ma grand-mère. On est censées déjeuner au marché Maisonneuve. »

La lettre de New York n'existe plus. Et pour l'avoir si souvent lue, je suis parvenue à la reproduire sur mon portable ; comme si Mark me parlait lui-même, pour le peu que je puisse me l'imaginer. Marly, il n'y a pas que la lettre qui a brûlé, la photo de Roxane a aussi subi le même sort. C'est moi qui l'ai lancée dans le feu. Je ne sais pas ce qui m'a pris. J'ai fait de même avec le calepin de Samuel. Je me dis maintenant qu'avec de la chance les flammes auront été éteintes juste à temps. Tu comprends pourquoi j'étais en larmes lorsque mon voisin est entré chez moi ?

« Tiens, elle est justement là, ma grand-mère », dis-je à mon voisin.

Adrienne emprunte la rue Sicard, souriante, tenant une boîte certainement remplie de biscuits ou de sucre à la crème.

« En passant, j'ai trouvé ça en dessous du lilas. C'est à toi ? » me demande le guitariste en parlant d'une petite libellule sertie de pierres rouges.

Le bijou est probablement celui de ma voisine du troisième étage, Anne-C. Mon voisin
le dépose gentiment dans ma main. Sa bouche
effleure ma joue. À peine. Sa barbe est douce. Sa
peau, moite. Mes doigts touchent son épaule. La
bise dure une fraction de seconde. Une éternité.

Je sens ses lèvres. Et les miennes, chaudes.
Beaucoup plus belles.

Mon voisin n'est plus là.

Je me suis levée et j'ai marché jusqu'à la
limite du toit-terrasse. Les pieds maintenant au
bord du vide et mon ordinateur dans les mains,
je me revois, petite, désirant voler comme une
oie, pour frôler les étoiles et fuir la laideur. Or,
la Sunnyside Road et les sifflements de train
appartiennent au passé, et mon corps oscille
plutôt vers une table de jardin et un lilas en
fleurs. Je prends une grande respiration. Tu le
sais, le vertige m'a toujours attirée.

Adrienne entre dans la cour. J'anticipe
l'odeur de son parfum, comme une joie de vivre.
Marly, on se retrouvera bientôt. C'est vrai, je
me sens mieux qu'hier. Mais les souvenirs de
Brodec me reviendront à l'esprit. Ça fera très
mal. J'en suis persuadée. Pour l'instant, je souhaite oublier. Tu comprends? Tourner la page ou
la brûler.

Mon doigt se place sur le bouton d'arrêt
de mon ordinateur. Ne t'inquiète pas, je ne
vais pas le lancer dans la cour et encore moins
sauter dans le vide. Je veux que tu saches que, au
contraire, je suis heureuse. J'ai en tête la beauté

des enfants et le charme d'un guitariste dont je ne connais même pas le prénom. Tout ça n'est qu'un début. Si tu voyais ce que je vois. Le mât du stade olympique. Les maisons du quartier. La montagne comme une émeraude. Et la lumière du matin, c'est comme si je pouvais y toucher. Marly, c'est très beau. Parce que, ici, la vue est splendide. La vie aussi.

De plus en plus.

Note de l'auteur

L'enfance, le bonheur, les flammes, les trains, les explosions : abondantes ont été mes recherches lors de l'écriture de ce roman. Les images bouleversantes de la Grèce en feu, à l'été 2007, m'ont notamment inspiré pour le récit de Samuel. Or, quelques jours avant d'aller sous presse, de terribles événements se sont produits au Québec ; une catastrophe ressemblant étrangement à celle évoquée par mes personnages. Le 7 juillet 2013, un convoi chargé de combustible a défiguré le centre-ville de Lac-Mégantic et tué des dizaines de personnes dont le nombre exact, au moment de rédiger ces lignes, n'était pas encore confirmé.

En écrivant mon roman, jamais je n'aurais pu imaginer qu'une telle tragédie aurait lieu ici, au Québec. Mes pensées vont aux victimes ainsi qu'à leurs proches. La reconstruction peut parfois être longue, même ardue, mais sans vouloir verser dans la pensée magique, je crois fermement que le bonheur nous revient toujours. Gens de Lac-Mégantic, je vous le souhaite immense, durable et réparateur.

Pour communiquer avec l'auteur :
www.dubonheurpourhenrietta.com

Suivez les Éditions Stanké sur le Web :
www.edstanke.com

Cet ouvrage a été composé en EideticSerif 12,5/14,4
et achevé d'imprimer en août 2013 sur les presses
de Marquis imprimeur, Québec, Canada.

certifié   procédé   100 % post-   archives   énergie
            sans chlore   consommation   permanentes   biogaz

Imprimé sur du papier 100 % postconsommation,
traité sans chlore, accrédité Éco-Logo et fait à partir de biogaz.